書下ろし

女の厄《やく》払い

千住のおひろ花便り

稲田和浩

祥伝社文庫

目次

安政《あんせい》二年神無月《かんなづき》二日

小雨が降っていた。

深夜、四つ（午後十時）を過ぎた頃だ。

もう、たいていの人は床に入っている。

ドン、ズズズズーッ。

地鳴りがして、世の中が揺れた。


佐兵衛《さへえ》は飛び起きた。

な、何が起こったんだ。

棚の上の物が落ちてくる。そう思ったから布団《ふとん》を頭にかぶり。

揺れが収まるまでは何も出来なかった。

「おい、起きろ」

佐兵衛はようやく、横に寝ている女房のお松《まつ》に声を掛けた。

「起きていますよ。寝ていられるわけないじゃないですか。一体今のは」

お松も布団をかぶって起き上がっていた。

お松が灯りをつけようとしたのを、

「待て」と佐兵衛は止めた。

以前、年寄りに聞いた。地震のあとは火事が怖いのだ。

だんだん闇に目が慣れて来た。

簞笥《たんす》や棚の上に載せた物が落ちて散乱している。

佐兵衛は手近の簞笥を開けて、着物を着替えた。

「お前もなるべく暖かいものを着ろ」

神無月《かんなづき》（十月）の夜は寒い。

「旦那様、ご無事でしょうか」

部屋の表から、番頭の藤吉《とうきち》が声を掛けた。

「私もお松も大丈夫だ。お前は？」

「失礼いたします」

藤吉が襖《ふすま》を開けた。

「私も定吉《さだきち》も、お久《ひさ》も大丈夫でございます」

家には奉公人が三人、番頭の藤吉、小僧の定吉、女中のお久がいた。

三人が無事だと聞いて、佐兵衛はホッとした。いまの揺れだ。家が倒壊してもおかしくない。

長屋はどうなった？

長屋が心配だ。

佐兵衛は茅場《かやば》町界隈《かいわい》に長屋を何軒か持っている大家だ。

「藤吉、留守を頼む。定吉、供をしなさい」

佐兵衛が定吉に声を掛けたが、まだ十歳の小僧は台所の隅でぶるぶる震えていた。当たり前だ。家がいきなり、前後左右に揺れたのだ。何が起こったのかと思ったろう。

佐兵衛だって、地震の経験はあったが、こんな揺れははじめてだった。

「仕方がない。お松、あとを頼むぞ。藤吉、お前が供をしろ」

新しい草鞋《わらじ》を履いた。足ごしらえをきちんとしなくてはならない。

女房と女中、小僧だけを残してゆくのは心配だったが、長屋がどうなっているのかが気になる。住民の暮らしを守るのも大家の仕事である。

「行くぞ」

「はい」

藤吉は弓張り提灯《ちょうちん》を手に後に続いた。

家を出ると、普段の四つ過ぎは静かな街が、騒がしかった。

風呂敷を背負って路地から出て来る男女もいた。

遠くの空が赤いのは火事が起こっているのかもしれない。小雨が幸いした。おそらく火事が大きく広がることはないだろう。

佐兵衛の家のすぐ裏手に、独身の男たちが中心に住んでいる九尺店《くしやくだな》があった。九尺店とは、間口が九尺（約二メートル七十センチ）の一間《ひとま》の長屋だ。

佐兵衛と藤吉は木戸を開けて、長屋に入った。

「大丈夫か」

長屋の表に男たちが集まっていた。

「大家さん、もう何がなんだかわかんない」

褌《ふんどし》一つの男が今にも泣き出しそうに言った。彼は棒手振《ぼてふ》り商人の六助《ろくすけ》だ。

長屋が倒壊することはなかったようだが、こういう大きな地震には揺り返しがあると聞いた。

「どうでもいいがなんか着て来い」

佐兵衛は言った。

「いてぇよーっ」

男の叫び声がした。

長屋の二軒目、大工の竹三《たけぞう》の声だ。

「どうした竹？」

竹三は土間にうずくまっていた。足が血まみれだった。土間に割れた土瓶《どびん》があった。

竹は土瓶のかけらを踏んだらしい。

「そんなのはたいしたことない、他に怪我人はいないか」

「大きな怪我人はいません」

もう一人の大工の徳兵衛《とくべえ》が答えた。年嵩《としかさ》の男で、多分、こいつが一番しっかりしている。

「転んだり、ちょっとした怪我はいますが」

「よし。わかった」

何もわかりはしないが、長屋が倒壊せず、大怪我をした者がいなかったのは幸いだ。

「徳兵衛、長屋のことは頼むぞ。皆、なんかあったら、徳兵衛の言うことをきくんだぞ」

「へえ」

「いいか。火事が怖いから火を使うな。もしも燃えて来たら、すぐに逃げろ」

他の長屋はどうなったろう。

「藤吉、次に行くぞ」

「どこへ？」

「どこへって長屋を全部まわるんだ」

茅場町の長屋は家族で住んでいる者が多い。夫婦者と子供が一人か二人。二間の家と、小さな庭のついた三間の家もある。

佐兵衛の家がある霊岸島《れいがんじま》と茅場町は目と鼻の先だ。霊岸島というが島ではない。運河があって、橋を渡ったところが茅場町になる。

長屋は倒壊はしていなかったし、火事の被害もまだない。

あの地震で倒壊していなかったのは、去年亡くなった佐兵衛の父親が苦労人で、数百両の金を出して長屋の修繕を行ったからだ。金を出したのは父だが、祖父が人格者で、多くの人に慕われていて、腕のいい大工や左官が修繕に当たったのだ。父や祖父のおかげで、長屋が倒壊せず、とりあえず押し潰《つぶ》されて死ぬ人間がいなかった。

「まったく親父と祖父《じい》さんには感謝しても感謝し足りないな」

佐兵衛はつぶやいた。

「皆さん、どうしたんでしょうね」

藤吉が言った。

そう言えば……。

住民の姿が見えない。

皆、どうしたんだ？

地震で驚いて逃げたのか。長屋は十六世帯、子供を含めて四十人はいるのに。

全員逃げたのか？　逃げると言ってどこに逃げたんだ。着の身着のままだ。雨も降っている。夜は寒くなるというのに。

考えていると、草履の音がした。

見ると一人の女が小走りでやって来た。

「大家さん」

女が叫んだ。

女は去年この長屋に引っ越して来た駄菓子屋の婆《ばあ》さんだった。婆さんと言っても、還暦《かんれき》前で、婆さんと言えば婆さんなんだが、佐兵衛が見てもどこか女を感じさせる、素人《しろうと》っぽくない色気のある女だ。その年齢でもいつもこざっぱりしたものを着て、きちんと化粧をしているから、もう何年も化粧なんかしたこともない、頭に簪でなく割り箸を挿しているような長屋の同年代の女房どもにくらべて色っぽく見えるのだろう。永年、どっかのお店で女中頭をやっていたそうだが、よる年波で仕事が辛くなり、辞めて子供相手の駄菓子屋をやりたいと、人の紹介で長屋に引っ越して来たのだ。

「おひろさん、大丈夫だったかい」

「はい。長屋の皆さんも怪我人はいません」

「そうかい。で、長屋の皆は？」

「揺り返しや火事の心配もありますんで、最小限の身のまわりの物を持って、皆さん、日勝寺《にっしょうじ》に行っています」

日勝寺は近くにある寺だ。本堂も広いから、四、五十人なら雨露はしのげる。

「お前さんが差配してくれたのか」

「出過ぎた真似をしまして、すみません」

「いや、いいんだ。助かったよ」

実に気の利く婆さんだ。親父の葬式の時も、この婆さんが何かと差配をしてくれて、嫁に来たばかりのお松は随分助けられたのだ。

「で、おひろさんは何しに戻ったんだ？」

「子供たちが怖がっているんで、お菓子を取りに戻ったんです」

なるほど、駄菓子があれば、少なくとも子供たちの一時の不安は取りのぞけるだろう。

「藤吉、おひろさんを手伝っておあげ」

ボーッとしている私の家の、番頭に指示した。

「お願いします。土間の右側に煎餅の入った木箱があります。それをもてるだけ日勝寺へ運んでください」

「わかりました」

藤吉が木箱を三つ、おひろが二つ抱えた。

「朝には握り飯を作って日勝寺へ届けよう」

何かあった時のために、親父の遺言で、米五俵と塩と味噌を蔵に用意してある。

「大家さん、すぐに誰か、腕っぷしの立つ男の人を大家さんの家に行かせてください」

おひろが言った。

「こんな時です。大家さんの家の蔵に米があることを知っている奴が盗みに来るかもしれませんよ」

「そんな火事場泥棒みたいな野郎が……」

そうか、今は火事場と一緒だ。確かに、明日になれば、米の争奪戦になる。佐兵衛の蔵の米が奪われたら、長屋の連中の食い物がなくなる。

「わかった」

「あっ。霊岸島の長屋にお武家がいらしたでしょう」

「黒川《くろかわ》の先生か？」

黒川重太夫《じゅうだゆう》という浪人がいたが、謡《うたい》の師匠でもう古希《こき》に近い老人だ。黒川先生で頼りになるのか。

「御老人でもお武家ですから。こんな時に役に立ちますよ」

佐兵衛は霊岸島の長屋へ走った。

「黒川の先生はいますか」

黒川重太夫は赤茶化た黒紋付姿でよたよたと出て来た。

「大家殿、何用か」

「用心棒を頼みたい」

「わしは剣術はさして得意ではない」

やはり剣術は得意ではないのか。しかし、武家だ。脇差はしっかり差している。

黒川は普段からも大刀は差していない。刀を握ることは多分ないが、武士としての誇りとして脇差は差している。何かあった時は切腹する覚悟はあるというお武家の意思表示が脇差だと聞いたことがある。

「盗人が襲って来たら逃げていただいても構いません。刀持っているお武家がいてくれたら、盗人は近づいては来ませんよ」

「そうか。逃げてもよいなら参ろう」

情けないお武家だが、あの脇差がつっかえ棒にはなる。

「あと、七兵衛《しちべえ》と八十吉《やそきち》、お前たちも来い」

七兵衛と八十吉は駕籠《かご》屋だ。こいつらは、駕籠を担いでいるから、まきざっぽうみたいな太い腕をしている。見た目は強そうだ。

三人を連れて家に戻ると、蔵の前に、四、五人の男がいた。知らない奴らである。

黒川重太夫を見て、男たちはそそくさと逃げて行った。

あいつら、蔵を破って米を盗む気だったようだ。

あと少し遅れたら危なかった。

それに佐兵衛と藤吉だけなら、あいつらは襲って来たかもしれない。黒川を連れて行けといったおひろの判断のおかげで命拾いしたかもしれない。

おひろのおかげで、四、五日は長屋の者たちが腹を減らさずに済みそうだ。

それにしても、おひろという女、なんだってこんなに気がまわるんだろう。一体何をやっていた女だ。

世に言う、安政の江戸大地震。震源は江戸湾荒川《あらかわ》の河口付近と思われる。震度は江戸で六くらいと言われているが、深川《ふかがわ》では多くの建物が倒壊し、被害を出した。江戸市中でも一万五千戸近くが倒壊し、死者は四千人以上。大名屋敷も倒壊、小石川《こいしかわ》の水戸《みと》屋敷も倒壊し、学者の藤田東湖《ふじたとうこ》が建物の下敷きになり圧死した。

火事も起こったが、佐兵衛の思った通り、雨のおかげで広がらずに済んだようだ。火事が起これば被害はもっと広がっていただろう。雨が幸いした。

余震はその後も神無月いっぱい続いた。


長屋の破損が少なかったので、住民は翌日の昼過ぎには家に戻った。

蔵の米がなくなるまで、佐兵衛はにぎり飯の炊き出しを行った。

おひろが長屋の女房連中を連れて手伝いに来た。

あちこちで家が倒壊したので、大工は大忙しだったが、それも佐兵衛の祖父の人徳か。祖父に世話になったという茅場町の棟梁《とうりゆう》の熊五郎《くまごろう》が若い者を寄越《よこ》してくれて、長屋の修復、補強を行ってくれた。

「こら、うちの棟梁の若い頃の仕事だね」

壊れていない箇所を、若い大工が見ていった。

「うん。いい仕事している」

何を生意気言ってやがる。と、佐兵衛は思ったが、忙しいのに来てくれている。臍《へそ》を曲げられたら困るので、ニコニコ応対した。

米も材木も、味噌も塩も天井知らずで値上がりしている。皆の暮らしはどうなるんだろう。

「心配したってはじまりませんよ」

炊き出しの手伝いに来たおひろが言った。

佐兵衛が余程暗い顔をしていたのか。

「お前は心配じゃないのか」

「心配してなんとかなるんならいいですけれど、なんともならないじゃないですか。あははは」

おひろは声に出して笑った。

そらそうだ。確かに心配してもはじまらないが、私はお前と違って、長屋の者たちの暮らしを守らなきゃいけないんだよ。

「地震が起きちまったんだ。命が無事だったことを喜びましょう」

おひろが言った。

「で、命が助かったんだから、儲《もう》かったと思って。ここは大家さん、少し散財しなさいよ」

「散財？」

「十両くらい出してくれれば、なるべく安く、私が米を買ってきますから。もうしばらく、皆の暮らしが落ち着くまで、炊き出しお願いしますよ」

「十両！」

十両は大金だ。命に比べれば安いかもしれないが、長屋の賃料や肥の代金で、十両稼ぐにはどれだけ掛かるんだ。

「米の飯さえ食べていれば、何、人間、そう簡単にくたばりはしませんから。半年辛抱すれば値段は元に戻りますよ。ここは大家さん、十両でいいんです。お願いしますよ」

おひろは大仰《おおぎょう》に頭を下げた。

仕方がない。確かに、明日の食い物に不安があれば、何も出来ない。とりあえず米の飯が食えれば、なんとかしようと頑張れる。

「とりあえず今日は二両だ」

紙入れにあった小粒で二両、懐にあったあり金を、おひろに渡した。

「八十吉さん、ちょいと付き合ってくれ」

力のある八十吉がいたので、おひろは八十吉と、あと長屋に行って七兵衛も連れて、半刻ほどして戻ってきた。八十吉と七兵衛に米俵を一俵ずつ担がせて、そのあとから棒手振りの六助《ろくすけ》が芋俵を担いでついて来ていた。

「二両で米二俵がやっとでしたよ。倍近くの値段になっていますね」

おそらく問屋は出し惜《お》しんで蔵に米を仕舞っちまって、金を出しても米は買えない。その米を割高とは言え買って来た。

「で、少しだけ銭が余ったんでお芋を買って来ました」

余った銭で芋まで調達して来たのか。

「うちで蒸《ふ》かして子供たちに食べさせて上げましょう」

「俺にも食わしてくれよ」

八十吉が言った。

「じゃ、もう一働き、芋俵を私の家に運んでおくれ」

「あいよ」

八十吉は芋俵を担いで出て行った。

「七さんはお米を大家さんの家の蔵に運んどくれ。それから、六さん、あんたは町内まわって、子供たちに私の家にお芋があるよって言って来てくれ」

手際よく指図し、

「勝手知ったるなんとやら」

と言って、おひろは佐兵衛の家の台所から薪の束を担いで出て来た。

「大家さんもよかったら、あとでお芋を食べにいらっしゃいな」

何が「よかったら」だよ。全部、佐兵衛が金を出したんだ。それにしても、

「一体おひろさん、あんたは何者なんだ」

「私は……。私はおひろ。茅場町の駄菓子屋の婆ですよ」

そう言って、おひろはニッコリと笑った。

初午はつうま

正月から初午《はつうま》までは千住《せんじゅ》も大忙しだ。

正月の初詣を済ませたあとは、初薬師、初金比羅《こんぴら》、初観音、初大師《だいし》、初地蔵、初天神……、江戸っ子たちは寺社詣りが好きだ。寺社詣りを口実に、帰りに酒を飲み、興が乗れば吉原《よしわら》か、新宿、千住へ繰り出す。男の遊び、すなわち遊女買いだ。

それが二月の頭の初午まで続く。

初午は二月最初の午の日。子《ね》の日、丑《うし》の日、寅《とら》の日……、日にも干支《えと》がある。

今でも書いてあるカレンダーもある。

初午は稲荷《いなり》神社のお祭りだ。江戸っ子は稲荷を信仰していた。稲荷社に祀られている宇迦之御魂神《うかのみたまのかみ》（倉稲魂命）が穀物《こくもつ》の神で、日頃から、白米のご飯が食べられることに感謝をしていた。江戸っ子は米の飯を食べるのがステータスでもあった。だから、初午の稲荷はとりわけ賑《にぎ》わった。

稲荷社の元締めは京都の伏見《ふしみ》、山全体に稲荷が祀《まつ》られている。関東では常陸《ひたち》の笠間《かさま》、江戸近郊では王子《おうじ》の稲荷が賑わった。王子は稲荷社の裏の山には、狐が実際に住んでいた。狐は稲荷の眷属《けんぞく》、傍に仕える身近な家来である。

王子には飛鳥山《あすかやま》や名主の滝もあり風光明媚《ふうこうめいび》な土地だから、普段からも訪れる人は多い。初午ともなれば、かなりの人で賑わった。王子から千住までは約一里半。だから、千住も初午はいい稼ぎ時でもあった。

「この忙しいのになんだよ」

おひろは中《ちゅう》っ腹《ぱら》で、若い衆の善助《ぜんすけ》に言った。

「いや、ちょいと顔を出してくれりゃいいんだ。頼むよ」

若い衆の善助がおひろに手をあわせて言った。

千住の旅籠《はたご》、伊勢屋《いせや》の二階。旅籠と言っても、飯盛り女という名の遊女を置いて稼いでいる、早い話が女郎屋である。

千住は奥州《おうしゅう》街道一番目の宿場町。千住大橋の北側が本宿で、本陣や大きな旅籠が立ち並ぶ。南側には千住の小塚《こつか》っ原《ぱら》という処刑場があった。千住大橋から南へ二町は宿場町で、小塚っ原があるところから「こつ」と呼ばれていた。「こつ」の中でも比較的大きな旅籠のひとつが伊勢屋だ。

「なんとかなりませんか、おひろさん」

善助はわざとらしく慇懃《いんぎん》に言った。善助は伊勢屋の若い衆だ。若い衆と言っても、そんなに若くはない。三十代半ばの、煙草好きで、脂《やに》で歯の汚れた男だ。遊女屋の男の奉公人は、若くても年寄りでも皆、「若い衆」と呼ばれる。

そして、善助が拝《おが》んでいるおひろは、伊勢屋の「おばさん」のおひろだ。年齢は三〇を少し過ぎている。世間で言うおばさんの年齢だが、遊女屋の遊女以外の女の奉公人は若くても年増でも、皆、「おばさん」と呼ばれる。

「ちょいとだけでいいんですよ」

しばらく前に、年頃四〇歳を少し過ぎた商家の旦那風の男が、三〇歳少し前の手代風の供を連れて伊勢屋に上がった。旦那風の男が、部屋に案内した善助に言った。

「この店に吉原から住み替えて来た女はいますか」

伊勢屋には吉原から住み替えて来た女が三人いた。

遊女には年季がある。年季が明けて故郷へ帰る女、惚れた男と所帯を持つ女もいないわけではないが、多くは別の土地に住み替える。その店でお客がつかなくても、格下の店ならそれなりに需要がある。一番格上が吉原で、次が四宿、品《しな》川《がわ》、新宿、板橋《いたばし》に、千住だ。その下が深川や根津《ねづ》の岡場所と呼ばれる私娼窟で、その下は街道の宿場にいる宿場女郎になる。

借金が残っている女は、住み替えた先の遊女屋が借金を立て替える。それでまた遊女の年季が新たに設定される。遊女の借金はなかなか減らないが、遊女屋は損をしない仕組みになっている。借金がなくても、いまさら故郷に帰れずに、というか親兄弟はもう死んでしまったりしていて、帰る場所すらなく、自分から新たな年季でその店で引き続き遊女を続けたり、住み替えをする女もいる。

「へえ、お市《いち》に、お文《ふみ》に、およリ……、おやおや、ちょうど、ひい・ふ・み・よ、でございます」

善助はどうでもいいような世辞をまじえて答えた。

「お年齢《とし》はおいくつですかな」

なんだよ、いちいち女の年齢を聞くのかよ、野暮《やぼ》な客だなぁ、と善助は思った。

住み替えて来たということは、吉原ではなかなか通用し辛い年齢になったから住み替えて来たんだよ。年齢が若けりゃいいってもんじゃないが、吉原で遊ぼうという男は若い女が好きなようだ。対して、千住あたりでは、そこそこの年増相手に、粋《いき》な話でもしようという客が来る。それぞれに楽しみ方があるのだ。

「お市が二五、お文が二六、およりが二八でございます」

善助は正直に三人の年齢を教えた。

「うーん、少し若いですな。もう少し上の年齢はおりませんかな」

なんだよ、大年増が好みなのか。

伊勢屋には、所帯を持ったが金に困って身を売った女や、亭主と死別して遊女になった女もいた。

「お時《とき》という女が三四歳ですが」

「うん。年頃はそれでよい。で、元は吉原にいたのですか」

「いいえ、吉原にはいません。本所《ほんじょ》で所帯を持っていたんですが、亭主が博打《ばくち》狂いで借金が返せなくなりまして」

「花魁《おいらん》ではなかったのですか」

吉原の遊女は、四宿や岡場所の遊女とは格が違うという意味で「花魁」と呼ばれた。

なんで花魁と言うのか。善助はそんなことは知らない。だが、若い衆の仲間で和助《わすけ》という奴が噺《はなし》が好きで、よく寄席という所に行くらしい。

和助が聞いて来た噺家の話では、狐狸《きつねたぬき》は尾で人を化かすが、吉原の女は手練《てれん》手管《てくだ》で男を騙す、吉原の女は尾なんか使わずに人を化かすから、尾なんていらねえ、それで「尾、いらん」というのだそうだ。

花魁の由来なんぞはどうでもいい。このお客は元花魁で年増でないと駄目なようだ。そう言われても、元花魁の年増は二八歳のおよりだけだ。ここは二八歳で勘弁してもらおうじゃないか。

「旦那様、およりは二八歳ですが、元は吉原の売れっ子花魁、小唄のひとつも歌い、三味線なんぞも器用に弾きます。なかなか人気もございます。いかがでございましょう。今宵はおよりでご愉快を願いたい」

「ご愉快を願いたい」という言い方が、吉原や四宿の若い衆の誘い文句である。

「いや、私はただ、もしも三四、五歳の元吉原にいた女がいたら、ちょっと尋ねたいことがあってお聞きしただけです」

尋ねたいこと？

女に何を聞こうというんだ？

「話を聞くだけですか？」

「話を聞くだけです」

話を聞くだけでも、女を呼べば料金はいただきます。

言おうと思ったが、そういう言い方は野暮だ。品のいい、着物もいいものを着ている。商家の主人風の男だよ。ケチなことは言わない。こういう旦那は黙って玉《ぎょく》の他にも祝儀をくれるものだ。

話を聞くだけ？　ちょっと待て。あの女が確か……。そのくらいの年齢だったはず。善助の頭に、おばさんのおひろが浮かんだ。

おひろは昔、吉原で花魁だった。二五歳の時に千住に住み替えて、それから伊勢屋で板頭《いたがしら》を張った。板頭とは、板に書かれた遊女の名札が売れっ子順に並べられて、その一番上手に名前が掲げられるところから、一番の売れっ子を言った。二九歳の時、前のおばさんのおしかが辞めたので、伊勢屋の主人、傳右衛門《でんえもん》が目端の利くおひろにおしかのあとを任せようと、おひろの証文を巻いておばさんにしたのだ。

おひろは多分、三二、三歳だったと思う。三四、五歳よりは若いが、だいたいそんなものだから別に構わないだろう。

「えー、旦那様」

「なんだい」

「うちのおばさん……、私の叔母《おば》ではありません。こういう店では遊女以外の奉公人をおばさんと申します」

「そのくらいは知っています。遣り手婆ともいう」

「へい。遣り手婆とも申しますが、おひろは婆ではございません。旦那様のおっしゃる三四、五歳で、元は吉原の花魁でございました」

「ホントですか！」

男は目を輝かせて、善助を見た。

ホントですかと言われると、ホントの年齢は三二、三歳だけどね。

「へえ。ホントでございます。おひろというおばさんです」

「では、そのおひろさんを座敷に呼んでいただけませんか」

「おばさんを呼ぶんですか」

「おい、忠七《ちゆうしち》」

男は供に声を掛けた。

「若い衆さん、これは骨折りです」

忠七と呼ばれた男は財布から、一朱の銀貨（約六千円）を二つ出して、善助に握らせた。

「お前、そのお客にいくらもらった？」

おひろが善助に聞いた。

「銭なんか、もらってないよ」

善助は言った。

「嘘をお言い」

おひろは半分口元に笑みを浮かべた。

「伊勢屋の善助がお客にものを頼まれて、只でなんかするわけはないだろう」

なるほど、その通りだ。こういう店に遊びに来て、おばさんや若い衆にものを頼んで祝儀を包まないなんていうことはない。四文銭（約百円）を数枚紙に包んで、「煙草銭だよ」「蕎麦《そば》でも食ってくれ」と渡すのが常識だが、拝むようにしておひろに座敷に来てくれという善助の態度から、これは四文銭数枚の煙草銭ではないと、おひろは読んだ。

「敵《かな》わないなぁ、おひろさんには」

善助は言った。

「一朱の祝儀をいただきました」

ホントは二朱もらったが、善助は一朱と言った。

「じゃ、二百（約五千円）寄越《よこ》しなよ」

江戸時代、金銀銭は変動相場で動いていた。金の補助硬貨の一朱は、銭で約二百五十文（時代によって異なる）くらいに換算出来る。

「よせよ、二百はないぜ」

善助は悲鳴に似た声を上げた。

「それじゃ、五十文（約千三百円）しか残らねえ」

「お前はただ取り次ぐだけだろう。五十文もらえれば御の字だろう」

おひろは言った。

「おひろさん、座敷に行けば、あの旦那は相応の祝儀をくれるぜ」

「それはそれ、これはこれだよ」

「嫌なら、私は座敷には行かない。お前はお客に、おひろは来られませんでしたって頭下げて、一朱返せばいいだけだよ」

「しょうがねなぁ」

善助は客からもらった銀貨をおひろに渡した。

「あとで五十文おくんなさいよ」

「もちろん、ごまかしたりはいたしません」

おひろは頭を下げた。

「ごまかしたりはいたしません」と言うのは、このところ銀の相場は上がっているから、一朱が二百六十文なら六十文払いますよという意味だ。

まぁ、いいや。口を利いただけで、一朱なら、文句はねえや。と善助は思った。


「あんたがおひろさんかい」

商人風の男は、おひろが部屋に入るなり言った。

男はおひろをまじまじと見て、ちょっと落胆の表情を浮かべた。

「何か？」

「いや、何。ちょっと人を探しているんだが」

なるほど。この人は元吉原の花魁だった、私くらいの年齢の女を探しているのか、とおひろは思った。だが、それは雲を摑《つか》むような話だよ。吉原には三千人の花魁がいるんだ。同じ年齢の花魁だって、二、三百人はいる。

「もしやお前さん、知りはしないだろうか？」

男は聞いた。

「どなたをですか」

「元吉原にいた女だ」

「花魁ですか」

「私が会ったのは今から二十年前、私が知っている頃は、まだ禿《かむろ》だった」

禿とは吉原で働く少女をいう。花魁の世話係りをしながら、吉原のしきたりなどを覚える。遊女の見習いである。

「禿ですか」

禿がいるということは、おそらく大店《おおみせ》であろう。

おひろがいたのは中店《ちゅうみせ》。おひろは一二歳で吉原に売られ、一四歳ではじめて客をとった。二年間は遊女の見習いだったが、下働きの女中のような仕事をさせられた。いわゆる禿ではない。禿が花魁について出て来るのは、大店ならではの遊びである。

「私がいた店は禿がいるような大きな店ではなかったので、禿の知り合いはおりませんね」

「私が知っている頃は禿でしたが、そのあと花魁になったかもしれない。名前は、みどりというのですが」

「みどり、さん?」

「ええ。みどりです」

吉原には源氏名というのがある。ホントの名前とは違う、吉原の名前だ。高尾《たかお》太夫《だゆう》だの、喜瀬川《きせがわ》だのというのが源氏名だ。ちなみに、おひろは吉原では薄墨《うすずみ》と名乗っていた。

「みどりというのは禿の名前です。花魁になったら、名前が変わったかもしれませんね」

「そうですか」

男は落胆の表情を見せた。花魁の源氏名はわからないようだ。

なんでこの人は、いまさら二十何年前の禿になんか会いたいんだろうね。おひろは思った。

「話を聞かせてくださいな」

おひろは言った。

「お話をうかがえば、もしかしたらお力になれることがあるかもしれません」

吉原には干支《えと》を一まわりとちょっといた。もしかしたら、何か思い出すかもしれない。

何、店の忙しいのは善助に任せておけばいい。善助があっさり二百文出したということは、奴はこの旦那から、二朱はもらっているはずだ。あいつに私の分も働かせればいい。で、ただの使いの善助に二朱出したんだ。私には一分、いや、もしかしたら二分くらい、場合によっては一両出すかもしれない。おひろは思った。

「では最初からお話をいたしましょう」

男は言った。

「私は日本橋田所町《たどころ》で質屋渡世《しちやとせい》を営んでおります、日向屋《ひゅうがや》の時次郎《ときじろう》と申します。あれは今から二十年ほど前、私が二〇歳《はたち》の時の話でございます」

時次郎は日向屋の一人息子だった。根が真面目で勉学が好きだった。二〇歳までで吉原の大門《おおもん》がどっちを向いているのかも知らなかった。

二〇歳の時、商売の付き合いで吉原へ行った。夜桜に心奪われ、山名屋の浦里《うらさと》という花魁に身も心も奪われた。

大店《おおだな》の若旦那だから、月に一度くらいの吉原通いなら、どうということはなかった。すっかり浦里にのぼせ上がった時次郎は、裏を返して、馴染《なじ》みになり、そのまま吉原に居続けをしていた。

居続けとは吉原に何日も逗留することだ。三日、四日の居続けなら店も歓迎だが、十日、二十日と居続けられると、店は迷惑する。第一勘定が高額になり、普通の人間では支払えない。大店の若旦那だからといって、金額の桁《けた》が変わってくると、油断がならない。何せ相手は遊びに慣れていない。おそらく支払いの実感もなく、ただ浦里と一緒にいることが楽しくて居続けをしているのだ。

「えー、若旦那」

若い衆の喜助《きすけ》が声を掛けた。

「一度お宅のほうにお戻りになられたらいかがでしょうか」

「家に戻れ？　嫌だよ」

花魁の布団《ふとん》の中で煙草をくゆらせながら、時次郎は怠惰《たいだ》な声で応えた。

「私はこうして、浦里と一緒にいたいんだ」

「そうは言いますがね、若旦那、お立て替えのほうがずいぶんと溜まっているんですがね。一度お支払いのほうをお願いしたいんですがな」

「わかったよ、いくらだい」

「へえ、六十五両三分でございます」

「じゃ、いま、お父つぁんに手紙を書いて、番頭に持って来てもらうように言うよ」

「お立て替えが五十両を超えました時に、若旦那、あなたにお父つぁんに手紙を書いていただきましたが、日向屋さんからはなんの返事もございませんでした」

「それはあれだ。いま、息子になりすまして、金を騙し取る詐欺《さぎ》が流行《はや》っている、多分、詐欺だと思ったんだよ」

「そんなものが流行るのは二百年先の話ですよ」

「お父つぁんは何かと忙しいんだよ。もう一度手紙を書くから。筆と紙を持って来ておくれ」

「ここは一度戻られて。また改めて、いらしていただきたいのですがな」

「嫌だと言っているだろう」

「まず、とりあえず布団から出ていただくわけには参りませんかなぁ」

「嫌だよ」

「花魁、花魁からも言ってください」

喜助は困ったとみえて、浦里に助けを求めた。

「若旦那、一度お家に戻られたらいかがでありんすか」

「ねえ、若旦那、花魁もああ言ってるんだ。とにかく布団からお出なさいよ」

「喜助、お前は何年、吉原で若い衆をやってるんだい」

「一五の時からですからな。今年四二の厄年《やくどし》。二十七年やっております」

「そんなにやっていて女心がわからないのかい」

「女心？」

「浦里は口では帰れと言っているが、布団の中で、足を私の腰に絡ませて、起きられないようにしているのさ」

馬鹿馬鹿しくて話にならない。

喜助はあきれ果てた。

時次郎は布団から出ようともしない。それが六十三両立て替えている相手に対する態度だろうか。世間を知らないにも程《ほど》がある。

「では、若旦那、言いたくないことを申し上げなければなりません」

「言いたくないことは言わなくてもいいよ。私も聞きたくないから」

「いいえ。言わせていただきます」

喜助は居住まいを正して言った。

「昨日、私が日向屋さんに行って参りました。あなたのお父つぁんに会って来ましたよ」

「そうかい。お父つぁんは元気だったかい」

「お元気でした」

「それはよかった」

「で、日向屋の旦那様が言われるのには、お金はもちろん、お支払いいたします」

「よかったじゃないか。払ってくれるんだろう」

「はい。ついては、一度、時次郎を家へお戻し願いたいと。そう旦那様がおっしゃったんです。ねえ、お宅にお帰りなさい。お父つぁんが帰ってらっしゃいと言ってるんだ」

「だから、何度も言っているだろう。私は浦里と一緒にいたいんだよ。家には帰らないよ。お父つぁんにはもう一度、私が手紙を書くからさ」

「そうですか。若旦那、このままでは御勘当ということになるやもしれませんよ」

「それは大丈夫だよ。私は日向屋の一人息子だ。勘当すればあとを取る者がいなくなる」

「あなたの家にだって、親戚くらいはいるでしょう。親戚の目端の利《き》く者を養子にすればいいだけですよ」

親戚をと言われて、時次郎の顔色が変わった。

「ちょっと待て、喜助」

時次郎は布団から飛び出した。

「それはお父つぁんがそう言ったのか」

「おっしゃいました」

「まったく、どういうつもりだ。この私を勘当して、親戚を養子にするだって？」

「ですから、今までのお勘定は日向屋さんが払っていただけますが、この先、御勘当ということになるかもしれません。ですから、この先のお勘定は、時次郎さん、あなたからいただかなくてはなりません。これ以上、ここにいたかったら、浦里花魁の揚げ代をいただきましょう」

「いくらだい」

「さしあたって二分いただきます」

「たった二分なら安いものだ」

時次郎は紙入れの中を見た。

一月近く居続けをしたので、持ってきた金はとっくに使い果たしていた。偉そうに「たった二分」と言っても、二分の金がどうにも出来ない。

「素直にお宅にお戻りなさいよ」

喜助は言った。

「浦里、どうしよう」

時次郎は浦里に助けを求めた。

「喜助どん、なんとかなりませぬか」

浦里がすがるような声で喜助に言った。

「花魁、申し訳ござんせん。若旦那のおためでございます」

「みどりや、みどり」

浦里が呼ぶと、次の間に控えていた禿のみどりが現われた。

「花魁、何御用でございますか」

浦里は銀の簪を抜くと、みどりに渡した。

「これをおばさんに渡しておくれ。喜助どん、これで若旦那がここにいても文句はござんせんよね」

「およしなさい、花魁。それは若旦那のおためにならねえ」

喜助が言った。

「若旦那、これが最後だ。黙って部屋を出て行けばよし。さもなければ、少しばかり痛い目をみていただくが、構いませんか」

「痛い目とはどういうことだい」

時次郎が言うと、喜助は「しょうがねえなぁ」という顔をして、小声で廊下に「おい」と声を掛けた。

若い衆が三人、浦里の部屋に踏み込んで来た。

時次郎がごねるのを見越していたのだ。

「若旦那、遊びっていうのはね、綺麗に遊ばなきゃいけねえんだ。普段は一生懸命働いて、たまに遊ぶから遊びなんだ。何日も居続けするのは『どうらく』っていうんですよ。道を楽しむ道楽じゃねえ。道から落ちる道落っていうんだ」

「何をするんだい」

浦里が若い衆と時次郎の間に飛び込んだ。

「花魁、およしなさい」

一人の若い衆が浦里を羽交《はが》い締めにした。

残りの二人が時次郎の腕を両脇から抱えた。

「みどり！」

浦里が叫んだ。

禿のみどりが時次郎の腕を摑んでいる若い衆の一人の向う脛《ずね》に嚙み付いた。

「痛てえ。何しやがる、糞餓鬼《くそがき》」

若い衆は思わず時次郎の腕を離し、みどりを蹴り飛ばした。

喜助が飛んで来て、若い衆を張り倒した。

「何しやがるは手前だ、馬鹿！」

喜助が怒ったので、若い衆は部屋の隅に後ずさり、座って頭を下げた。

禿は将来、花魁になる大事な商品だ。怪我をさせるようなことはあってはならない。

「手前は若旦那の荷物を持って来い」

「へえ」

若い衆が時次郎の着物や煙草入れなんかをまとめた。

「あんたがごねると、花魁が迷惑する」

喜助が時次郎の腕をとった。

「さぁ、行きましょう。若旦那……、じゃねえや、時次郎さん」

花魁が迷惑する。この一言に時次郎は観念した。

喜助はそのまま、時次郎を玄関に連れて行くと、とりあえず着物を羽織らせて適当に帯を結んだ。まさか襦袢一枚で外に放り出すわけにはゆかなかったのだろう。

「では若旦那、うちは女郎屋、商売でございます。お金を持って、またいらしてください。浦里さんも待っておりやす」

喜助はそう言うと、まだ朝早い、人影もまばらな表口から、時次郎を放り出した。

時次郎はしばらく立ち上がれなかった。

ちらちらと雪が降って来た。

「浦里……」

時次郎は花魁の名前をつぶやくと立ち上がり、店に入ろうとした。

さっき、みどりを蹴飛ばした若い衆が時次郎の前に立ち塞《ふさ》がった。

「あんたを入れるなって喜助さんに言われている。無理矢理入ろうとするなら、手荒な真似をしてもいいってよ」

若い衆は言った。

まきざっぽうのような太い腕の男だ。

時次郎から気力が失われていった。

やがて、ふらふらと大門を出て行った。

大門の外には、見知った男が立っていた。半纏《はんてん》姿の、田所町の鳶《とび》の者だった。

「若旦那、お迎えに上がりました」

時次郎は大門の中へ戻ろうとしたのを、別の鳶の若い者が袖を摑んだ。

「さぁ、若旦那」

「お父つぁんが待っておりやす」

用意してあった駕籠《かご》に無理矢理時次郎を押し込んだ。


「家に戻されて。お父つぁんは何も言いませんでした」

時次郎は言った。

「吉原に居続けをしていたのは一月《ひとつき》くらいでしたがね、ほんの少し会わなかっただけなのに。ずいぶん、お父つぁんもおっ母さんも年をとっちまったように見えました。頭に白いものが増えていた。自分が浦島太郎《うらしまたろう》じゃねえかと思いました」

「浦島太郎ですか」

浦島太郎という言い方がなんかおかしかった。

「親不孝したな、と思いました」

「それでどうなさったのですか」

「どうもしません。前のように、店を手伝って。といっても商売は全部番頭たち奉公人がやります。私は帳面の数字があっているかどうか、日に一度、算盤《そろばん》を入れるだけ。あとは部屋で書見をするだけです。そうして二十年が過ぎました」

時次郎は簡単に「二十年」と言った。

おそらく父子の間には、他人にはわからない何かがあったのだろう。

「お嫁さんはもらわなかったのですか」

「お父つぁんは嫁をもらえとは言いませんでした。私が浦里のことを忘れられないのを知っていたのでしょう」

「花魁を身請けしてお嫁さんにしようとは思わなかったのですか」

「そればかりはお父つぁんは許しませんでしたね。世間体を気にしていたのでしょう。お父つぁんが亡くなったのは十七年後の、私が三七歳の時でした。その前の年におっ母さんが死んで、すぐあとを追うようにね。そして、お父つぁんが亡くなった翌年の、やはり小雪の舞っている日でした」

訪ねて来たのは、いつか吉原の大門に時次郎を迎えに来た鳶の者だった。

「これは頭《かしら》、何か御用ですか」

「旦那の一周忌も近いんでね」

「お線香を上げに来ていただいたのですか」

「旦那にはずいぶんお世話になりました。お線香も上げさせていただきますが、今日は若旦那にお話があって参りました」

「店のことは番頭さんに」

「番頭さんにも聞いてもらったほうがいいのかもしれないが、話というのは、浦里花魁のことでございます」

頭から「浦里」の名前を聞いて、一体なんのことだと時次郎は思った。

時次郎にとっては忘れられない名前で、いつも頭の中にあったが、両親や奉公人の前では決して口にしてはいけない名前だった。

「旦那が言われました。私の目の黒いうちは許さない。だがもし、私が死んだら、もし時次郎がどうしても花魁を身請けして嫁にしたいと言うのなら、頭、あとを頼みます」

「お父つぁんがそんなことを」

「亡くなる少し前に、そうおっしゃいました」

何をいまさら、言っていやがる。あれから十七年も経っているんだ。浦里だって、誰か他の奴に身請けされているに違いない。

時次郎は横を向いて唇を噛んだ。

「旦那の立場もわかってあげていただきたい」

頭は言った。

「いまさらという思いもおありでしょうが、もしも若旦那にまだ浦里花魁への想いが残っているのなら、私が話をしに吉原に行って参りますが、いかがいたしましょう」

「何がいかがいたしましょうだ」

温和《おんわ》な若旦那の時次郎がこの時ばかりは少しだけ大きな声を出した。

「私は三七歳だよ。あの時、浦里は一八歳だって言っていたから。浦里だって三五歳だ。お前さんが吉原に訪ねて行って、まだ浦里が吉原で花魁をやっているとでもお思いか？」

「誰かに身請けされたんなら仕方がねえが、年季が明けて故郷に帰ったか、あるいはどこかで稽古屋の師匠にでもなって暮らしていないとも限らねえ。若旦那、あっしら鳶の者は江戸中に仲間がいる。人探しなんてえのは雑作もないことでございますよ」

浦里にまた会える。そんな思いが時次郎の頭をよぎった。

浦里がどうしているのか。もし誰かに身請けされて幸福に暮らしている、それがわかれば安心出来る。自分も浦里を忘れて、新しい道へ踏み出せる。

だがもし、頭の言うように、独りで生きているとしたら。もしも、浦里にその気があるなら。

もう一度、浦里に逢いたい。

「頭、よろしくお願いいたします」

時次郎は頭を下げた。

「頭は偉そうなことを言いなすったがね」

時次郎は笑いながら言った。

「浦里は見つかりませんでした」

「見つからなかったんですか」

「見つからないわけだ。浦里は私が家に帰ったその歳の秋に、死んじまっていたんだよ」

遊女という仕事が過酷だということは、吉原と千住で勤めに出ていたおひろはよく知っている。

一晩に何人もの客をとることもあるんだ。

中には悪い病気の客だって、いないとも限らない。

身請けされたか年季があけたか、おひろみたいに四宿や岡場所に住み替えたかもしれない。でも、死んじまうことだってあるんだ。だが、その年に死んじまうなんてね。

もしもお父つぁんが融通の利く人で、すぐに身請けをしていれば、もしかしたら死なずに済んだのかもしれない。いや、その年に死んだってことは、もともと何か病があったのかもしれない。

「店も頭が訪ねて行って、そら、十七年も前のことだから、すっかり忘れていたのか。それとも、何かうしろめたいことがあったのかもしれない。浦里のことは知らぬ存ぜぬだったらしい」

「なんで浦里花魁が亡くなったのがわかったんです」

「また、一年くらい経った頃、山名屋の若い衆だった喜助にばったり会いました。今は別の商売をしているって言っていたなぁ」


「日向屋の若旦那じゃ、ございませんか」

翌年の初午の日だった。

小僧を連れて町内の稲荷に出掛けた帰り道、時次郎は羽織を着たきちんとした身なりの老人に声を掛けられた。

「喜助でございます」

二十年前の吉原の若い衆の顔も名前もいちいち覚えてはいなかった。だから、喜助と名乗られてもどこの誰かもわからなかった。

顔や名前は覚えていないが、時次郎と浦里を引き裂いた男のことは忘れようったって忘れられない。しばらくして、それが目の前にいる老人だとわかった。

「お前、山名屋の喜助かい？」

「へえ」

「ずいぶん老けたな」

「もう還暦《かんれき》を過ぎましたからな」

「よくその年齢まで生きていやがったな」

時次郎にとっては精一杯の皮肉だった。喜助の命令で、ずいぶん乱暴な目に遭《あ》ったんだ。もっと早くどっかでのたれ死んでいてくれたらよかったのにと思った。

「若旦那……、あの時は申し訳ございませんでしたなぁ。それもこれも若旦那のおためでございます。そら日向屋さんの身代なら、百両や二百両の金はどうということもございませんでしょうがね。それでも若いあなたが吉原に居続けでは、旦那は心配なさいます。うちの旦那も万が一にもあなたが御勘当ということになれば勘定がとれなくなる。そん時はお前どうするんだって脅かされましてねえ」

喜助は饒舌《じょうぜつ》にいろんな話をした。

「お前、浦里がどうしたか、知らないか？」

時次郎が聞くと、喜助は驚いた顔をした。

「若旦那、ご存じなかったんですか？」

「何を？」

「浦里さんは亡くなりましたよ」

喜助の言葉で、時次郎は浦里が死んだことをはじめて知った。

「浦里が死んだ？　どういうことだい」

時次郎は喜助に摑みかかるところだった。

「知らないとは驚きだ。浦里さんは若旦那に焦《こ》がれて、焦がれ死にをなすったんですよ」

「何を馬鹿な」

「いや、男というのは、よく生まれると罪なものですな」

「なんだよ」

「あなたが来なくなってから、浦里さんは飯も喉《のど》を通らなくなってね。だんだん瘦《や》せ細って。朋輩《ほうばい》の話では、いつもあなたの夢ばかり見るって。言っていたそうですよ」

「私の夢？」

「若旦那が現われて、自分を苦界《くがい》から助け出してくれるってえ夢です」

あの時、居続けなんかしていないで、早々に父親に、「浦里を身請けしたい」と言っていれば、父親は話してわからない人ではなかった。居続けをしていたばかりに、父親の気持ちをねじ曲げちまった。だけど、あの時は身請けをするという考えもなかった。それほど世情に疎《うと》かったんだ。

「浦里と私を、お前たちが引き離したばかりに」

言いようのない怒りをどこに持っていけばいいのだ。

「冗談はよしてくださいよ。私の責じゃござんせん。若旦那に帰ってもらえと言ったのは、うちの旦那、そう仕向けたのは日向屋の旦那だ。私はただ言われるまに、やっただけですからね」

恨みを言おうにも、父はもう死んでいる。妓楼の主人なんて会ったこともない。だったら、今、怒りをぶつけられるのは、喜助しかいない。

「喜助、お前が……」

「あなただって、家に戻されたからって、四六時中見張られていたわけじゃないでしょう。店の銭函から二、三両の金をごまかして、吉原へ来ればいいんだ。あんたが来ていれば、浦里さんは死なずに済んだんですよ」

「私はお父つぁんにあんなに苦労掛けちまって」

時次郎の頭の中には、家に戻ってすぐの頃は、急に老け込んで何も話さなくなった両親の姿しか見えていなかった。親不孝への後悔しかなかった。その時は、浦里との夢のような時間もすっかり忘れていたんだ。

「なんにしろ、浦里さんが死んで、私は女郎屋なんていう因果な稼業がつくづく嫌になって、それで商売替えをしましたよ」

喜助はいい身なりをしていた。おそらく商売替えをして成功したんだろう。

「浦里さんは亡くなった。浦里さんが可哀想だと思ったら、線香の一本も上げてやってくださいな」

「私は、喜助に言われた通りの話を頭にしました。頭がもう一度吉原に行って確かめてくれました。ええ。浦里は亡くなったと、山名屋の主人が話してくれたそうです。墓も何もないそうです」

「女郎に墓はござんせん。身寄りのない女郎は、西方寺《さいほうじ》って寺でまとめて供養してくれるって聞きました」

「それすら存じませんでした。どこにあるんです？」

「山谷《さんや》でございます」

「なら、今度参るとしましょう」

西方寺は、投げ込み寺とも言われている。昔、仙台侯《せんだい》に身請けされて殺された高尾太夫を土手《どて》の道哲《どうてつ》という人が供養するために建てた寺だという。ちなみに今は西巣鴨《にしすがも》に移転した。高尾太夫の墓は今もある。

「浦里が亡くなったと聞いて、私はどうしたらいいのかもわかりませんでした。店は相変わらず番頭がきちんとやっていてくれましたし。それでまた二年が経ちました。ふと思い出したんですよ。浦里が、ホントの妹のようにかわいがっていた、禿のみどりのことをね。みどりはどうしたんだろう。早速、頭を呼んで調べてもらいました」

「みどりさんはどうしていたんです？」

「みどりは花魁になって、二五歳まで勤めて、そのあとは千住に住み替えたと聞きました」

「では、旦那はみどりさんをお探しで？」

「みどりを身請けして女房にしようっていうんじゃありません。浦里が妹のようにかわいがっていたんだ。私にとっても妹のようなものです。どこかで幸福に暮らしていてくれたらそれでいいんですが、もしも今でも女郎をやっているのなら、身請けしてどこかに家を借りてあげて、暮らしの立つようにしてやりたいと思っています」

「そうですか」

金があるっていうのは羨ましいねえ、とおひろは思った。遊女を身請けするなんて安くはない。それでその女に家まで借りてやって、妾《めかけ》にするわけでもなく、暮らしの立つようにしてやろうってえことは、商売の資本でも出してやるのか。でも、そんな話を、はじめて会った女郎屋のおばさんにしていいのかね。

世の中にはよくない了見の奴もいる。

みどりは十七年前に禿だった。「私がみどりです」と言ったって誰もわかりはしない。

適当な年頃の女が、みどりと名乗って、世情に疎《うと》い若旦那をたらしこんで、日向屋のお家横領だって出来なくはない。お家横領とまではゆかなくても、何十両か巻き上げるのは雑作もないことだろう。だが、そんなことはこの四〇歳になろうという若旦那は微塵《みじん》も考えてもいないのだろう。

「私ではわかり兼ねますが、千住にはたくさん旅籠がございます。心当たりに聞いてみますよ」

「そうしていただけると助かります」

時次郎が合図をすると、

「かしこまりました」

忠七が紙に金を包んでおひろに渡した。

「長々話に付き合わせて申し訳なかったね」

時次郎は言った。


「いくらもらいました？」

部屋を出て廊下を曲がったところに善助がいた。

「善さん、何、こんなところで油売っているんだよ」

「あのお客が気になってね」

「気になっているのはお客でなく、私がもらった祝儀だろう」

「いくらか分け前をくださいな」

善助の出した手を、おひろはポンとはたいた。

「お前、今日は初午だよ。お客も大勢いて」

「この節、和助がずいぶん役に立ちます。あいつにね、今日はお前が二階を仕切ってみろと言ったら、ずいぶん張り切ってね」

「あら、そうかい」

その時、座敷から忠七が出て来た。

「おばさん、おばさん」

「ほら、お呼びだ。お前はあっちへお行き」

善助はしぶしぶ梯子段をおりて行った。

「旦那はお休みだから、床をとっておくれ」

忠七は言った。

「私には別に部屋を頼みます。寝られればいい」

「かしこまりました」

「私の部屋には、あとでいい。女を一人ね」

なんだろう、この手代は。お供に来て女郎買いをしようっていうのか。旦那からお許しがあるのか。だとしたら、いい身分のお供だ。お供に女の世話までするんだ。そうとう暢気《のんき》な旦那なんだね。

いや、いくらなんでも、そんな旦那はいまい。おそらく、勝手に女を呼んで、玉代も一緒に宿代として店の金で払う気だろう。

偽《にせ》みどりなんか出なくても、しっかりと手代にお家横領されているんだね。

「もし何かわかりましたら、使いを寄越してください」

時次郎はそう言って、翌朝早くに発って行った。

お供の忠七は眠そうな顔をしていた。店が立て込んでいたから、女が忠七の部屋に行ったのは明け方近くだったようだ。

「かしこまりました」と、おひろは言ったが、元吉原の女で、年頃、三四、五歳、禿だった頃の名前が「みどり」というだけでは雲を摑むような話だった。

それでもおひろは、隣近所の旅籠のおばさんや若い衆に、日向屋の旦那が探しているという話は伏せて、「みどり」の消息を聞いてみた。

「それだけじゃわからねえ」

「吉原から住み替えた女はいるけれど。そんな禿がいるような大店の女はいないよ」

確かにそうだね。吉原の大店から、「こつ」の旅籠に住み替えることはあまりないだろう。住み替えるとしたら、橋を渡った本宿だろう。

本宿にある尾張屋《おわりや》のおばさんのおせいとは仲がいい。一緒に鰻屋《うなぎや》に行ったりもしている。今度、本宿に行ったら、おせいに聞いてみよう。

だが、なかなか本宿に出掛けて行くこともないうちに月日は流れた。

初午が終わってしばらくは、さして忙しいこともなかったが、宿外れの一本桜が咲き始める頃には、また千住も忙しくなってきた。

「なんだろうね、春はやっぱり、殿方はそういう気分になるものなのかね」

今、店で板頭を張っている、おなかが言った。

決していい女の部類ではないおなかだが、一人一人の客にきめ細かに対応するから、馴染みの客が多い。

おなかは店が忙しくなると、楽しそうだ。

伊勢屋がはじめて勤めに出た店で、もう干支を一まわりくらい伊勢屋にいる。

遊女が天職なのか、いや、かつては客に惚れて所帯を持ちたいと思ったこともあったし、おなかもいろいろな経験をして、今はこの気持ちになっているのだ。

「灯台もと暗しって言葉を知っていますか」

善助がおひろに言った。

「なんだい、灯台がどうしたんだよ」

「いえね、うちの和助がね、知っているらしい」

「何を？」

「元吉原にいた、みどりって禿のことを」

どうせいい加減なことを教えて煙草銭をもらおうという魂胆だろう。善助には、日向屋からみどりを捜すよう言われたことは内緒にしていたが、近所の若い衆が話したんだろう。口止めはしていなかった。そら、すぐにも知れちまうだろう。銭になりそうなことにはとりわけ鼻が利くんだよ。なんだって？　和助が知っている？　そんな話はあるまいが。

伊勢屋の五軒先に蕎麦屋が新しく出来た。

蕎麦なんていうのは、荷担ぎの夜鷹《よたか》蕎麦屋で食べるものだったのが、十年くらい前から、店を構えて、天ぷらや油揚げなんかを載せた蕎麦を食わせるところが江戸の市中には出来て、千住にも二年くらい前に本宿に出来て、最近、こっにも店を出した。

おひろは善助と和助を連れて蕎麦屋へ行った。

「いいよ。好きなものをお食べ」

と言おうと思って品書きを見たら。

「天ぷら蕎麦、四十八文（約千二百円）」

そんなにするのかい！

「でかい海老の天ぷらに野菜の天ぷらが載っているそうですよ」

和助が言った。

どのくらいでかい海老かは知らないが、四十八文は高い。屋台の天ぷら屋なら八文が相場だ。

「天ぷら屋は天つゆ、ここは蕎麦の出汁《だし》で天ぷらを食べるから、味も天ぷら屋とはまた違うんです」

和助は説明を続けたが、おひろは天ぷら蕎麦には興味がない。みどりのことが知りたいから、店では話せないから連れて来たんだ。

「天ぷら蕎麦以外の好きなものをお食べ」

「じゃ、きつね蕎麦をいただきます」

和助が言った。

きつね蕎麦？　なんじゃそりゃ？　品書きを見ると、「きつね蕎麦、三十二文（約八百円）」

「あっしもきつね蕎麦で」

善助が言うのを、

「私とあんたは、かけ蕎麦でいいんだよ」

「かけ蕎麦、二十四文か」

かけ蕎麦も夜鷹蕎麦とくらべたらかなり割高である。

「ようがすよ。今日のところは、かけ蕎麦で。その代わり、日向屋から祝儀をもらったら、いくらかまわしてくださいよ」

善助がそう言うからには、和助の情報に信憑性があるのか。和助はみどりのことを知っているんだろうか。

「で、和助さん、あんたは何を知っているんだい？」

和助は善助よりも少し若い。小柄だが何かと如才ない男で、客が喧嘩なんぞをしようものなら、間に入って収めたりする。腕力もたいしてなさそうなのに喧嘩の仲裁が得意というのも変わっている。さらには、寄席や音曲《おんぎよく》も好きなようで、休みの日には上野の広小路の寄席に噺や講釈を聞きに行っているらしい。

「おひろさん、禿のみどりを捜しているっていう旦那の名前は？」

「日本橋田所町の質屋で、日向屋の時次郎さん」

「花魁は？」

「浦里さん」

「浦里、時次郎」

「そうだよ」

「うははは」と和助は笑った。

「何がおかしいんだよ」

「一人で笑うんじゃねえよ」

善助も怒った口調で言った。

「いや、すみません」

和助が改めて言った。

「でも、おひろさん、それは新内《しんない》節の『明烏夢泡雪《あけがらすゆめのあわゆき》』じゃござんせんか」

「『明烏……』？」

おひろも善助も、新内節はもちろん聞いたことがある。新内流しというのが千住にもいて、好きな客が座敷に上げたりしている。だが、曲のことまでは知らなかった。

新内節は、享保《きょうほう》の頃にたいそう流行った豊後《ぶんご》節の流れの江戸浄瑠璃《じょうるり》と言われる音曲のひとつだ。常磐津《ときわづ》節や富本《とみもと》節と兄弟分みたいなもの。鶴賀《つるが》新内という人がたいそうな美声で人気があり、「新内を聞きに行こう」と人々が言い、鶴賀新内の語る浄瑠璃を「新内」と言うようになった。

鶴賀新内が語った曲が、彼の大師匠に当たる鶴賀若狭掾《わかさのじょう》がこしらえた「蘭蝶《らんちょう》」や「明烏」という曲だった。

「つまり、時次郎さんが私に話して聞かせた話は、新内節で語られている話だっていうのかい」

おひろが聞いた。

「細かな話は違いますが、ところどころ似ております」

和助は言った。

「新内節の『明烏夢泡雪』は時次郎が吉原の花魁、浦里とわりない仲になります。だが、時次郎は地頭に支払う二百両を使い込んでしまう。店の主人は二人に心中をされては困ると、時次郎を殴る蹴る、店の外に追い出してしまいます」

「吉原の若い衆がそんなことをするわけないじゃないか」

おひろは呆れた。遊女屋だって客商売だよ。払いが滞ったら、払ってもらうように、親や奉公先に取りに行くことはあっても、客を殴る蹴るなんていうことはない。

「まぁ、話でございます」

和助は言った。

「で、どうなったんだい？」

「時次郎をかばった浦里と禿のみどりも、店から折檻《せっかん》されます」

これはない話ではない。

おひろが今までいた店ではなかった。だが、吉原では客の意に添わない遊女を折檻する店はあると聞いた。遊女は商品だ。傷つかないようにするけれど、女は人間扱いはしないという考えの遊女屋もあったのだ。

「浦里はさんざん折檻されまして、雪の降る中、庭の松の木に縛られてしまいます。そこへ塀の忍び返しを壊して、時次郎が現われ、浦里とみどりを連れて逃げていきます」

「逃げるのかい？」

「実はそれは浦里の見た夢であった、というお話です」

時次郎が喜助から聞いた話では、浦里は時次郎の夢ばかり見ていると言っていた。やはり、時次郎の話は新内節からの作り話なのか。

それにしても、なんだって祝儀まで払って、そんな嘘話をしたんだろう。

「いま、巷《ちまた》では茶番というのが流行っておりますよ」

「なんだい茶番って？」

「素人が芝居の真似をして遊ぶんです」

そんなことをして楽しいのか、とおひろは思った。

「ちょうど去年の今時分でしたよ。花見で賑わう王子の飛鳥山で、素人衆《しろうと》が仇討《あだう》ちの真似をしたそうですよ。浪人者の仇《かたき》と、巡礼に化けた仇討ちの若侍に扮して、本身を抜いて飛鳥山で暴れたそうで、それは見物人は驚いた」

それは驚くだろう。

だが、飛鳥山で仇討ちの真似をすれば大勢の人が驚いて面白かろうが、ここで私一人を騙して何が面白いんだ？

「きつね蕎麦とかけ蕎麦二つ、お待ちどお様です」

蕎麦屋の親父が蕎麦を運んできた。

きつね蕎麦には大きな油揚げが一枚載っていた。

お狐様の好物が載っているから、きつね蕎麦か。

「善兄ィもおひろさんも、やってください」

和助は箸で油揚げを三等分して、一番大きいのをおひろに、次に大きいのを善助の丼に載せた。

油揚げは醬油と砂糖で味付けがしてある。銭を取るだけにいろんな工夫をしているのだ。うまい。これならケチらず、きつね蕎麦を三つ頼めばよかった。

「でなければ……」

和助が油揚げを箸でつまんで言った。

「その客が来たのは初午の日、もしかしたら、おひろさんはお狐様に騙された、とか」

お狐様に騙された？　じゃ、あの時次郎と名乗った男は狐だった？

「その時もらった祝儀は葉っぱに変わっているとか」

「よせよ」

善助があわてて財布の中を調べ、一朱の銀貨を出してホッとした顔をした。

やっぱり。もう一朱もらっていたのか。

善助の財布の一朱も、おひろがもらった祝儀も葉っぱに変わってはいなかった。

狐が化けていたわけではない。どこかの酔狂な客が遊女屋のおばさんを騙して、ほくそ笑んでいただけだ。

癪《しやく》にさわるが、いくらかの祝儀をもらったんだ。まぁ、よしとしよう。これで話は終わるはずだった。

そうこうするうちに、桜も散り始めた頃、おひろは久々に橋を渡って本宿に使いに行った。

尾張屋に寄って、もしおせいが暇だったら、鰻屋に連れ出して、愚痴話を聞いてもらおうか。

「鰻をご馳走していただけるなら、ええ、時間はいくらでも作りますよ」

おせいは若い衆に煙草銭で仕事を押し付けて、ひょこひょこと出て来た。

おひろより一〇歳くらい上だろうか。遣り手婆という年齢ではない。威勢のいい江戸っ子の年増女だ。もともとは堅気《かたぎ》だったようだが、もう十年くらいおばさんをやっていて、すっかり稼業が身についている。

二人で鰻丼を注文し、焼き上がる間、日向屋の禿捜しの話をした。

「それなら、うちにも来たわよ」

おせいが言った。

あらら。伊勢屋でうまくいったもんだから、尾張屋でもやったのか。でも騙して金を盗るんじゃない。祝儀を払って、そんな酔狂の何が楽しいのか。

「今月のはじめくらいに来て。でね、うちの若い衆がそれなりの祝儀をもらったらしくて、出入りの者に頼んで調べてもらったら……」

尾張屋の主人、三右衛門は千住の宿役人から十手《じって》捕り縄を預かっている御用聞きでもある。捕り物の手下が尾張屋に出入りしている。何かを調べるのはお手のものだった。

「餅は餅屋、すぐにわかったよ」

「いたんだ」

「いたね」

「どこに？」

「志摩屋《しまや》にね……」

いたの？

志摩屋は本宿の中心にある大きな旅籠だ。吉原の大店の花魁が住み替わってもおかしくない老舗だ。

元吉原の花魁で、その前は禿で、名前はみどり。今から二十年くらい前に、浦里という花魁の妹分だった女は、志摩屋に勤めていた。

「三年前に年季が明けて、本郷《ほんごう》から通って来ていた小間物屋と一緒になったそうだよ」

「そこまでわかっているの」

「吉蔵《きちぞう》さんっていう手先が本郷まで行って見届けてくれた。夫婦で小さな小間物屋をやっていたそうだ」

えっ？　それじゃ、新内節の『明烏夢泡雪』っていうのは、ホントにあった話なのか。

おひろの頭に、浦里が死んで商売替えをした喜助という若い衆のことがよぎった。

喜助が絵草紙屋に商売替えして、どっかの戯作者にネタを提供していたら。それをもとに若狭掾が新内節にこしらえた。ホントの話を、夢のところを膨らませて、より切ない話にこしらえた。そんなことがあるのかどうか。いやいや、たまたま似たような話で、人の名前が同じだったということかもしれない。

「で、日向屋の時次郎さんには知らせたのかい？」

「若い衆が知らせてね。そうとうな祝儀をもらって。私も今月、鰻丼を食べるのは二度目だよ」

そう言って、おせいは笑った。

尾張屋の若い衆は違うね。おばさんに鰻のお裾分けだ。善助だったら、全部煙草と酒と、どうしようもない博打で使っちまうだろう。

時次郎はどうしたろうか。捜していたみどりが小間物屋の女房で幸福に暮らしていた。安心したのか。それとも……。


一年が過ぎた。正月から、千住の宿場は相変わらず忙しかった。

テコテコ、テンテコテン、テコテコ、テンテコテン。

お稲荷様から初午の太鼓が聞こえて来た。

おひろがその日の客の宿帳を見ていたら。伊勢屋は旅籠だから、お客は宿帳に、所名前を書かなきゃならない。

「日本橋田所町、鳶職、銀太《ぎんた》」という名を見付けた。

日本橋田所町と聞いて、去年の初午に来た、酔狂な旦那のことを思い出した。

「ちょいと善さん」

おひろは善助の足を止めた。

「日本橋田所町」

「日本橋田所町がどうした？」

「忘れたのかい。初午の、浦里、時次郎」

「わけのわからねえ酔狂者がいたねえ」

「確か日向屋だったよね」

「俺は知らない。和助に聞いてみろよ。俺は忙しいんだ」

善助は走り去った。最近よく来る金離れのいい巣鴨あたりの百姓がいるらしい。そいつの部屋にご機嫌うかがいに行ったようだ。

和助は善助に仕事を押し付けられている。如才ない和助が仕切ったほうが、万事うまくゆく。和助は忙しそうだから、おひろは独りで田所町の鳶職、銀太の部屋を訪ねた。王子の帰りに、仲間数人と千住に繰り出したようだ。

銀太の敵娼《あいかた》はおなかだ。人気者だから、廻しをとって当分来ないから、話も出来よう。

「おばさんがなんの用だ」

銀太は初老の痩せた男だった。

「いいえ、女の子が来る前に、ちょいとご挨拶をと思いましてね」

「馴染みでもない客に、忙しい初午の晩に挨拶とは、ご丁寧なことだね」

「親方のような顔が広いお客様には、これからもご贔屓《ひいき》願いたいと思いましてね」

「贔屓にしてえが、俺の家は日本橋だ。今日は仲間の付き合いで来たが、千住を贔屓にするには、ちと遠い」

「日本橋田所町ですよね」

「そうだよ」

「日向屋さんって質屋さんがございますでしょう」

「あるけれど……」

銀太はちょっとだけ口ごもった。

「日向屋さんなら、去年の秋に店を畳みなすったよ」

銀太の言葉に、おひろは驚いた。

時次郎は身なりもよく、みどりを身請けして、家を借りてやるとか言っていたんだ。それが店を畳んだ、つまりは潰《つぶ》れたってことだ。どういうことだよ。

「お前さん、日向屋さんの身内かい」

銀太が聞いた。

「いいえ。以前にご贔屓を願いました」

と言ったら、銀太は不審な顔をした。

「日向屋の旦那は絵に描いたような堅物《かたぶつ》、千住くんだりまで女郎買いに来るようなお人じゃないよ。誰かと間違えていないかい」

「うちにお泊まりのお客様は女遊びに来る方ばかりじゃございません」

泊まりだけの客はほとんどが本宿に行くが、まれに泊まるだけの客もいないわけではない。

「そうかい。だが日向屋の旦那も一度だけ吉原の女に迷ったことがあった。それも若い頃の話で、あとはずっと、二十年真面目に生きて来なすった」

時次郎の話はホントの話だったんだね。でも、その真面目な時次郎が主人の日向屋が畳んだってどういうことだよ？

「日向屋は番頭の吉兵衛さんで持っていた。あの人がきちんとした人で、その吉兵衛さんが亡くなって、あとに番頭になったのは手代の忠七って野郎でね」

あー、そういうことか。番頭さんがいなくなって、忠七がホントにお家横領しやがったんだね。

「旦那は店の商売には口は出さねえが、毎日帳簿を見て、間違いはないか見ていたんだ。だから、商売の流れは全部わかっていた。二ヶ月もしたら、こら、忠七どんでは商売が持たないというのがわかっちまった」

あらら。お家横領するほどの力もなかったわけだね。せいぜいが遊女買いの勘定を上乗せするくらい。そのくらいなら、時次郎は黙認していたのかもしれない。

「でまぁ、親戚で集まって、店は畳んでしまったというわけだ」

「でも代々続いたお店なんでしょう」

「旦那は商売にはまるで向かない、真面目なだけの人だ。とても商売は出来まいというのは、自分でわかっていたのだろう」

「時次郎さん……、日向屋の旦那はどうなさったんですか」

「なんでも根津のほうに家作を持っていたらしくてな、田所町の店は綺麗に片付けて、根津に移って暮らしているようだ」

まったく暢気なものだ。代々の店を潰しても、家作があって遊んで暮らせるんだ。むしろ、可哀想なのは忠七や他の奉公人だ。日向屋がなくなって、どっか別の奉公先が見つかればいいが。まぁ、他人のことを心配してもしょうがないがね。

おなかが来たので、あとは任せた。

善助は相変わらず、巣鴨の百姓の部屋にいるようだ。和助が一人駆けまわっていた。悪いことをしちまったね。

「和助さん」

声を掛けたら、助かった、という顔でふり返った。

翌々日、和助は店を休んだ。和助は月に三、四日は店を休む。江戸に母親がいて見舞うとか言っているが、たいていは寄席や講釈場に通っているらしい。

その次の日は和助がいたので、おひろは手の空いた時間、和助を連れて蕎麦屋へ行った。善助は連れて行かない。初午の日に銀太の座敷にいる間、一人で働かせちまった詫びのつもりだ。

「天ぷら蕎麦、食べるかい」

「ありがてえ。いただきます」

案外、遠慮はしないんだね。

まぁ、いいや。

「天ぷら蕎麦二つ」

おひろも蕎麦の出汁で天ぷらを食べてみたくなった。

「善公には内緒だよ」

「勿論でござんす」

和助は笑いながら言った。

天ぷらが揚がるまでは少し時間が掛かると店の親父が言った。和助とじゃ、話すこともあまりない。と思っていたら。

「おなかさんから聞きまして」

和助が話しはじめた。

おなか？　おなかがどうしたんだよ？

「田所町の」

銀太の敵娼《あいかた》がおなかだった。ということは、銀太が寝物語で、日向屋の一件をおなかに話して、おなかが和助に話したのか。

「あれ、天ぷら蕎麦はその駄賃じゃねえんですか」

駄賃？　私はただ初午で忙しい中、ご苦労掛けた詫びにと、蕎麦でも食わしてやろうと思っただけだけれど。

「どうしたんだい？」

「ちょいと調べて参りました」

昨日店を休んだのは、なんかを調べていたのかい。

「何を調べたんだい？」

「あっしも驚きましたよ」

日向屋が店を畳んで、時次郎が根津に隠居したという話は、銀太からおなか、おなかから和助に伝わった。和助は時次郎が今、どうしているかが知りたかった。

「どうしたって、新内の時次郎と重なり合っちまいましてね」

おそらく時次郎の人生一番の花は浦里と過ごした数日間だった。それからの二十年は、親の顔色を見て過ごす日々で。その親が死に、浦里も自分に恋焦がれ死んだことを知った。それは喜助の嘘かもしれないが、時次郎はそう思った。そして、闇雲に、浦里の想い出を共有できる、禿のみどりを探した。千住の飯盛り宿を何軒か訪ね、金を使い、探した。見つけたみどりは本郷の小間物屋に嫁いで幸福に暮らしていた。そして、番頭の死で、日向屋は店を畳んだ。

時次郎は残りの人生、今まで通り、根津で書見をして暮らすんだろう。

おそらくそうだろうが、なんかしっくり来ないものがあった。

それは塀の忍び返しを壊して、浦里とみどりを助けに来た時次郎の印象が強か

「三崎《さんさき》から根津に下って、川の手前に酒屋がありましたんでね。小僧に四文銭三枚やって」

四文銭三枚（約三百円）の威力は大きい。酒屋の小僧は半年前に日本橋から引っ越して来たご隠居さんの家の前まで案内をしてくれた。最初は、隠居と女中と小僧の三人暮らしだったが、去年の暮れから住人が一人増えた。その話も道々小僧から聞いた。

「それがですね」

和助はちょっとだけもったいつけて言った。

「年頃三〇過ぎの、いい女でね」

「三〇過ぎのいい女って、まさか」

「そのまさかでござんすよ。あっしも驚いた」

時次郎は根津の家で、みどりと暮らしていたというのだ。

「ええ。近所のお百姓がね。只で教えてくれました。お百姓は話したくてしょうがなかったようでね」

時次郎はお百姓には「妹」だと言っていたが。

「妹と口は吸いあわねえよ、って、お百姓が言うから、あっしはのけぞったね」

そら、おひろものけぞりそうになった。

みどりは本郷の小間物屋で幸福に暮らしていたんじゃないのか。

「だから、あっしはもう、そのまま本郷まで走りましたよ」

「根津と本郷は目と鼻の先じゃないか。あっ！」

銀太は日向屋が根津に家作を持っていたと言ったが、時次郎は新たに根津に隠居所の家を買ったのではないか。根津で隠居したかったんだ。何故なら根津が本郷に近いから。根津にいれば、みどりと偶然会うことがあるかもしれない。いや、もしかしたら、みどりの店を訪ねたかもしれない。

「煙草屋に寄って、上等な国分《こくぶ》を五匁《もんめ》買って」

「お前、煙草は飲まないじゃないか」

「煙草は善さんにやれば喜ぶでしょう。煙草屋は煙草を買わなきゃ、話はしません。普通の煙草じゃたいした話はしない。国分ならよく喋る」

ホントにこの人は商売を誤ったね。本宿の尾張屋に店を替えて、岡っ引きになればいいのに。

「おひろさんの思った通りですよ。時次郎とみどりは……」

「なんだい」

「煙草屋が言っていました。金で横っ面を張るって言いますでしょう。その現場をはじめて見たって」

時次郎はみどりの亭主の小間物屋に金を積んで、みどりと別れてくれと言ったそうだ。煙草屋は「百両」と言ったが、

「まさかそんなには出すまい」と和助は言った。

「みどりの亭主の店は、長屋の表に小間物を並べただけの店で、みどりが店番をして、亭主が荷を担いで売り歩いていた。荷担ぎの、その日暮らしの小間物屋でしたからあっしが思うに二十両、かなぁ」

年季が明けて夫婦になった。小間物屋はみどりのところに通っていたんだろう。惚れ合っていたんじゃないのか。惚れた女房を二十両で売ったのか？

いや、みどりの気持ちになって考えてみたら。年季が明けて、行くところがない。とりあえず客の中から小間物屋を選んだ。そこへ、時次郎が現われた。

時次郎が本郷に行ったのは、自分の目でみどりの幸福を確かめたかっただけかもしれない。銀太の言うように根津の家はもとから持っていた家で、たまたま本郷が近かったので、ついつい足が向いた。言わば衝動的にみどりを訪ねた。

みどりがいた。子供の頃の面影はあるが、三〇過ぎの色気たっぷりの女で。

みどりも、浦里が「いつかは助けに来てくれる」と信じていた時次郎が、二十年も経ってやっと現われた。

「遅いよ」

「すまなかった」

「浦里さんは死んじゃったよ」

「聞いた」

「なら、私を助けて」

「亭主と幸福に暮らしているんじゃないのか」

「そんなに幸福ではないよ」

「どうやって助けたらいい？」

「亭主にお金を渡しておくれ。それで私を妹として時次郎さんの家に置いておくれ」

時次郎もはじめは妹として家に置いたが、ホントの妹じゃない。三〇過ぎた元花魁さ。堅物の若旦那だったご隠居を籠絡《ろうらく》させるのは雑作もないことだろう。

「天ぷら蕎麦、お待ちどお様」

大きな海老と和助は言ったが、小さな海老しか載っていない。野菜の天ぷらも、川のほとりで摘んで来たみたいな葉っぱが揚げてあった。これで四十八文はないだろう。

「お前、大きな海老の天ぷらが載っているって言ったろう」

おひろは小さな声で言った。

「熊野屋《くまのや》の三吉《さんきち》さんが言ってたんですよ」

熊野屋は伊勢屋の並びの旅籠で、三吉はそこの若い衆だ。

話なんてそんなものさ。人から聞いた話なんて当てにはならない。

和助は嘘はついてはいないが、海老の大きさもそうだし、時次郎の話も、根津のお百姓や煙草屋から聞いた話がホントかどうかはわからない。もともとの時次郎や銀太の話がどこまでホントの話かも怪しい。時次郎が暮らしている女も、みどりじゃなく、別の女を妾にしたのかもしれない。

海老は小さかったが、蕎麦はまぁ、うまかった。

「ご苦労だったね」

おひろは和助に一朱包んで渡した。

「天ぷら蕎麦をご馳走になった上に」

和助は恐縮したが、おひろは銀貨を握らせた。

「なんなら、尾張屋のおせいさんに口を利いてやってもいいよ」

そう言ったら、鳩が豆鉄砲食らったような顔をしていた。

そうか。岡っ引きになったら、暢気に寄席なんぞに行かれないから。和助は今のままがいいのか。


雪が降っていた。坂を下ると小さな川があった。

川っぺりの木々の葉に雪が積もって、白い花が咲いているように見えた。来たことがないのに。たぶん、ここが根津なんだと、おひろは思った。

男女がひとつの傘を差しながら歩いて来た。

男は時次郎、女はおひろと同じ年齢くらいの、うりざね顔のいい女だった。たぶん、みどりだ。

女がよろけたのを時次郎が支えた。

下駄の鼻緒が切れたようだ。

時次郎は傘を放り投げて跪《ひざまず》き、女は時次郎の肩につかまった。時次郎は懐から手拭を出して、手早く鼻緒を直した。時次郎が下駄を履かせてあげながら見上げると、女も時次郎を見下ろしながら微笑んだ。

どこかで三味線の音がした。


「おひろさん、何、油売ってるんだよ」

善助の声で目が覚めた。

嫌だよ。おひろは柱に寄り掛かりながらうたた寝をしていた。

客の誰かが新内語りを座敷に呼んだようだ。

根津で聞いた三味線の音がする。

根津の雪景色はうたた寝で見た夢だったようだ。

芝居なんか見たことはなかったが、芝居のようにも思えた。

時次郎の話は全部ホントで、和助が聞いてきた話も全部ホント。時次郎とみどりは根津で幸福に暮らしている。小間物屋の亭主も金をもらって、それで商売を大きくして幸福に暮らした。そういう話で、いいじゃないかね。

「おひろさん、来ておくれ。お市がお客と揉めてるんだ」

「あいよ」

夢を見に来た客が、なんか騒いでいる。それを丸く収めて夢の続きを見させてあげるのが私たちの商売なんだ。

遊女屋の夢は朝まで覚めない。

「覚めてあとなく明烏、のちの噂や残りけるらん」

新内節の切ない節が聞こえている。

注 初代鶴賀若狭掾・作「明烏夢泡雪」は、明和六年（一七六九）七月三日、三河島であった、伊勢屋伊之助と吉原の遊女、三芳野の心中事件を題材に作られた。時次郎、浦里というのは新内でつけられた架空の名前である。落語「明烏」も時次郎と浦里が主人公であるが、名前とタイトルを借りたまったくの別話。いくつかの共通点があるので、落語が新内の前段のように書いてある解説もあるが、間違いである。時次郎の家が日本橋田所町の質屋日向屋というのは落語の設定である。

花見の幇間《たいこ》

春は「こつ」の宿はずれの一本桜が綺麗に咲くと訪れる。

ちょうど吉原では夜桜見物で賑《にぎ》わう。

で、吉原で夜桜を楽しんで、吉原には上がらずに千住に流れて来る客が少なからずいる。

吉原よりも千住のほうが安く遊べるというのもあるが、それだけではない。

吉原で派手に遊ぶよりも、千住の女と、粋《いき》な大人の話でもしながら、しっぽり楽しむのを好む男が案外多い。

遊女屋に来るというのは、女と同衾《どうきん》したいだけではない。擬似恋愛とでもいうのか。

一般社会で恋愛がまだタブーだった時代の、愛を確かめ合う場所が遊女屋だったとも言える。

「お客様は浅草《あさくさ》の甲州屋《こうしゆうや》さんっていう仏具屋の旦那とそのお仲間一行四名、私を入れて五名でございます。飲んで騒いでお泊まりで、このくらいでお願いできませんかなぁ」

伊勢屋の店先、若い衆の善助を相手に話しているのは、薄茶色の羽織を着ている、おそらく幇間であろう男だ。

「わかりやした。細かな台の物の中身は、中でおばさんと話してください」

「どうもありがとう。よろしく願います」

幇間は紙に包んだ、おそらく中身は銭であろう、小さな包みを善助の袂《たもと》に入れた。

幇間と若い衆は持ちつ持たれつ、旦那方に気分よく遊んでもらって、「この店はいいね。また来よう」となれば店にも得だが、そう言われるような手配りは、若い衆やおばさんに掛かっている。旦那方の受けがよければ、幇間もまたお座敷が掛かる。

幇間とは、太鼓持ちのことである。現代ではごく少数の、絶滅危惧種の職業であろう。花柳界で遊ぶ人が少ないから仕方がない。

俗に男芸者というが、座敷で芸をするわけではない。昔の花柳界で遊ぼうなんていう旦那方は、皆一芸に秀でていた。芸者衆の三味線で唄のひとつも聞かせたい、という旦那方が多かったから、幇間がしゃしゃり出て芸なんぞやることはないのだ。いや、余程盛り上がらない座敷では芸をするのだが、盛り上がらない座敷を盛り上げるだけの芸の力がなければならない。

芸をするわけでなく、座敷に侍《はべ》って何をするのか。幇間の仕事は座敷の一切を仕切る。宴会コーディネーターが仕事である。その日の金主から、予算分の金を預かり、その範囲で、どの店に行って、どんな料理を頼んで、芸者を何人呼ぶか、そういう一切の差配をするのである。落語に出て来る、扇子《せんす》でおでこを叩いて「ようっ、凄《すご》い」なんて言う幇間は実際はいない。あれは落語のディフォルメである。

その幇間が提示した金額は伊勢屋で遊ぶには十分過ぎる金額だった。

翌朝、善助が幇間に勘定書きを渡すと、

「おやおや、旦那方もずいぶんご愉快をさせていただき、これはありがたい限りでございます」

幇間は一朱余分に勘定に上乗せし、

「これは若い衆とおばさんで」と言い、「こちらはあなたの煙草銭」

と、また銭の入った紙包みを善助の袂に放り込んだ。

「いい客だったね、また来ないかな」

善助はおひろに言った。

「見かけない幇間だね」

千住にも見番《けんばん》はあるが、そこの幇間ではない。見番とは、花柳界のプロダクションのようなところで、料理屋や旅籠《はたご》に、芸者衆や幇間の派遣を業務にしている。千住の旅籠に出入りしている幇間はたいてい千住の見番に籍を置いているから、おひろや善助は顔馴染《なじ》みだ。

「吉原《なか》の幇間か、野幇間《のだいこ》かもしれませんね」

善助が言った。

吉原で夜桜見物をした客が、「たまには千住で遊びたいから案内をしろ」と言ったのかもしれない。

あるいは、野幇間。野幇間とは、どこの見番にも所属していない、フリーランスの幇間をいう。特定の旦那について、その旦那の宴席にたえず侍っている。お武家や同業の接待で成り立つ商売の旦那衆は、いちいち見番で幇間を頼むより、野幇間を専属でお抱えにしていたほうが便利がいいこともあるのだ。

おひろと善助が話しているところへ、伊勢屋の主人の傳右衛門がぬーっと顔を出した。

「あの幇間を見掛けたら、離すんじゃねえぞ。こっちからいくらか祝儀渡して、また上客を連れて来てもらえよ。いいな」

傳右衛門は上客を何人か抱えている野幇間と見たようだ。

「いい商売だよ。いいお客さえいれば祝儀がもらえる」

善助は笑って言った。

そのいい客を摑《つか》まえるのが大変なんだろう。だから、摑まえたら放さない。そのためにはいい思いをさせなきゃならない。客がしみったれだと幇間への祝儀もケチるから、若い衆やおばさんへの祝儀も少ない。場合によってはない、なんていうこともある。

世の中の景気にもよるが、案外しみったれの客は多い。上客が来るなら、店も幇間にいくらか祝儀を包んで、また客を連れて来てもらえば、出した以上の祝儀が返って来る。

一月《ひとつき》くらいして、またあの幇間が来た。

「神田《かんだ》の紙問屋、但馬屋《たじまや》の旦那とそのお仲間、今日は六人で。私を入れると七人でお願いします」

この間と同じ薄茶色の羽織だ。

決して出しゃばらないのも幇間の美学のひとつである。あくまでも主役はお客である。

「あんた、名前はなんていうんだい」

宿帳には「向島、幇間、久八《きゅうはち》」とあったが、善助はあえて聞いてみた。

「へえ、久八と申します」

「久さんかい。俺は善助ってんだ」

「じゃ、善さんとお呼びしてもよろしゅうござんすか」

「善公でいいよ」

「じゃ、善公、久公で参りましょう」

こいつとは馬が合うな、と善助は思った。そして、今日もしっかり煙草銭をもらった。

「お前さんは吉原の幇間かい」

「いえいえ、ただの野幇間でございます」

やっぱり野幇間か。でも、吉原の幇間に劣らないくらいの品がある、と善助は思った。

「長いのかい？」

「それがですね、去年の春からなんで、まだようやく一年目」

一年で、上客を何人も摑まえているのか。ますます凄い野郎だな。

「ですから、善公の兄貴、まだまだわからねえことが多い。とくに、こつはこの間がはじめてでしてね。いろいろ教えてくださいな」

それからも月に一度くらい、久八は上客を連れて伊勢屋にやって来た。

夏が過ぎて。

秋風が吹きはじめた頃だ。

「今日はお武家のお客様なんだ」

久八が善助に言った。

「お武家ですか」

武家の客は滅多《めった》に来ない。

たまに来ると面倒を起こす。女が廻しを取って「来るのが遅い」と怒り出したり、「隣の部屋の声がうるさい」とまた怒り出し、若い衆が謝って済めばいい。頭を下げるのも仕事だ。お武家の客は他の客を怒鳴《どな》りつけたり、脅したりもする。

相手がお武家だから、他の客も何も言わずに頭を下げる。金払って楽しい思いをしに来て、怒られて、謝らせられる。しかも、

「町人の分際で遊女を買うとはけしからん」

わけのわからないことを言われる。

場合によっては拳固《げんこ》も飛ぶ。

若い衆は殴られた客にも謝る。

「しょうがねえよ。相手はお武家だ」

若い衆に怒ってもはじまらない。客も我慢するしかない。

それが見ていて気の毒でならない。

だから、お武家の客が来たら、うまいことを言って断わって来たんだ。傳右衛門も黙認している。他の客を不愉快にさせないためだ。

「お忍びで宿帳に名前は書けないが、きちんとしたお旗本の殿様だ」

久八は言った。

その殿様が問題だ。無礼があったら、何をされるかわからない。

だが今まで、さんざん上客を連れて来てくれた久八を無下にも断われない。

どうしたものかと思っていると、

「善公の兄貴の言いたいことはわかるよ」

と久八は言った。

「ちょいと義理のある殿様で。頼まれちゃくれねえかなぁ」

そう言われたら、断われなかった。

「なんでお武家の、それも殿様なんか上げるんだよ」

おひろは怒った。

「しょうがねえだろう。久公に頼まれちゃ」

「なんかあっても知らないよ」

「とにかく、殿様のまわりの部屋には人を入れずにいな。他のお客と関わらせないようにすりゃいい」

「客はそれでいいかもしれないが、女はどうするんだい」

客だけじゃない。お武家の客は遊女にも威張り散らす。

「情けを授けつかわすぞ」

男女が契《ちぎ》るのが「情け」か。「情けない」わ。

「だから、そこをおひろさんに頼んでるんだよ」

おひろだって、久八には好意を持っているから、ここで祝儀ももらっているから、ここで強いことも言えない。

世間はたいていそうだが、遊女屋はとくに人間関係が大事だ。遊女屋のおばさんや若い衆なんて、他で奉公したが勤まらなくてなる人間が多い。だが、なってみたら、仲間の人間関係、お客さんや遊女たちへの気遣い、そういうことが行き届くようになるから不思議だ。

「水があうかどうかってえのもあるな」と言ったのは、若い衆頭の徳蔵爺《とくぞうじい》さんだ。

いろんな商売を経験して、ほとんど駄目で、遊女屋の若い衆になったのが四〇歳の時だが、それから二十年以上、伊勢屋で若い衆を勤めている。

「泥棒の手前くらいのことはやったな」とも言う。

泥棒の手前ってえのはなんだろう。先は強盗や人殺しになるのか。手前というのがわからない。

徳蔵は今日は休みで、休みはたいてい酒を食らっているから、相談も出来ない。休みの日になんか厄介《やっかい》を持ち込まれるのが嫌で大酒食らって、前後不覚になっているのかもしれない。永年の稼業から得た知恵だ。

「とりあえず聞いてみるけれどさ」

遊女たちに言えば、嫌だとは言わないよ。客だし。少しくらい嫌な客でも、おひろに言われれば「嫌」とは言わないんだ。おひろも自分たちと同じ道を通って来ているからね。

「いいですよ。私が殿様を引き受けますよ」

おなかが言った。

うん。おなかなら、万事如才《じょさい》なくこなしてくれる。

「なんかあったら、すぐ私か善さんを呼んどくれ」

「わかりました」

二人の供侍には、お市とお蘭《らん》がついた。

久八は幇間だから。皆が部屋に引き上げた後、一本だけ酒を飲み、女はつけずに休む。

今日は「なんかあると困りますんで、酒もいりません」

久八も相手はお武家だ、なんかあると困ることはわかっている。いや、久八の場合は殿様がご機嫌を損ねたら困るのだ。わざわざ連れて来るんだ。大事な客なんだろう。

そのへんが、おひろたちとの大きな違いだろう。

「殿様、馬鹿なご愉快だそうで。また来月参りたいと言っております」

久八はいつものように善助やおひろにわずかだが心付けを渡した。

何事もなかったので、善助もおひろも安心した。

殿様もご家来もいたってもの静かな方々で、静かに酒を飲み、ゆっくり泊まって、とくに何事もなく帰って行った。

ただ来月も来られたら困るよ。夕べは殿様御一行の隣の部屋を無理矢理空けたんだ。だが、御一行は四人分の勘定しか払わない。殿様が空けろと言ったわけではないから、勘定は取れない。祝儀も今まで久八が連れて来た商人たちより少ない。おそらく最後に善助に渡した銭は、久八が自分の取り分の中から出したんだろう。

なるべく、甲州屋か但馬屋の一行を連れて来て欲しいんだがね。それは善助もおひろも同じ考えだったが、久八には言わなかった。

おひろが殿様の泊まった部屋の前を通った時、ちょっとした違和感を覚えた。

みかんの皮の強い匂いがした。

これって、もしかしたら？

「和助さん」

和助は箒《ほうき》をかついで表に行くところだった。

「殿様が泊まった部屋の掃除をしたのはお前かい？」

「おひろさんには隠し事が出来ませんね。殿様のご名誉に関わることですから、あっし一人の胸に仕舞《しま》っておこうと思ったんですが」

みかんの皮を部屋に撒いたのは和助だ。これは異臭を消すためのことだ。

和助は殿様一行が発《た》つと、すぐに床をあげて、部屋の掃除に掛かったが、床を上げようと掛け布団《ふとん》をめくって驚いた。

「やっちゃったんだ」

布団の上には異臭を放つ固形物があった。

そうかい。

相手は殿様だからね。厠《かわや》なんぞには行かないのかもしれない。お供がいつもおまるを用意して控えているが、夕べは殿様のお計らいで、お供も遊んでいたから、我慢出来ずになさっちまったのだろう。

「布団は捨てました。勝手にやっちまって、すみません」

和助は言った。

それでいいんだよ。そんなことは人に話すことじゃない。

「あとで私から、女将さんにだけ言っておくから。お前も誰にも言いなさんな」

善助に言ったら尾ひれを付けて、面白おかしくして他所で喋りかねない。と言って、殿様は久八が連れて来た客だから、なんかの時に善助から久八に言ってもらわないといけないね。場合によっては布団の代金ももらわないといけない。

それよりも。殿様の敵娼《あいかた》はおなかじゃないか。昨日今日の遊女じゃあるまいし。殿様が粗相《そそう》をなさったのを、なんでおひろか若い衆に言わないんだろう。

殿様がいつ粗相をなさったのかは知らないが、もしかしたら固形物と一夜をともにしたかもしれない。そう思うと、おなかも殿様もずいぶん臭かったろうに。

思わず二人に同情した。

「おなかはどこに行った？」

おひろはおなかを捜したが、いなかった。

「おなかちゃん、あれ？　そう言えば見えませんね」

えっ、まさか。粗相をしたのは殿様じゃなくて、おなかだった？

るだろう。

ま、まさか、そんなことが。死骸を始末するくらいなら、先に固形物を始末す

「無礼者」ってんで斬り殺されて、お供が夜中のうちに死骸を始末して。


久八は「また来たい」と言っていたというが。

おなかが言った。

「おひろ姐さん、お殿様はまた来るの？」

おなかは伊勢屋の板頭《いたがしら》だ。他の遊女に弱味は見せられないだろう。

他の遊女たちを追い払った。

「あんたたちはあっちに行っておいで」

行灯部屋に行くと、おなかは目を泣き腫《は》らしていた。

悪い予感がした。

「行灯部屋」

「どこ？」

お文に言われて、おひろはとりあえずホッとした。

「おなかちゃん……、いました」

「私の年季ってあとどのくらい？」

それは女将さんに聞けばすぐにわかるだろうが。

「お殿様がまた来る前に住み替えたいよ」

そう言って、おなかはワーッと泣いた。

泣くのはいいが、おなかの体からも異臭がした。

「和助さんに言って湯を沸かしてもらうから。いま、着ているものは捨てておしまい」

おひろは言った。


「変態」という言葉はいつから出来たのだろうか。昔は今、私たちが使っているのとは別の意味、「形を変える」というような意味で、いまでも辞書にはそう出ている。

「変態」という言葉がその意味に使われる以前から、変態はいた。

おひろにはなんとなくわかった。

おひろ自身、変わった客にはずいぶん会って来た。そこまでおかしなのはいなかったし、相手が殿様ではないから、変態行為をしようとする客は叱り飛ばしたりもして来た。自分でなんとかならない時は、おばさんや若い衆に言えば、なんとかしてくれた。

相手は殿様だった。

おなかは恐れおののいた。でも、相手は殿様で、若い衆を呼んだら刀を抜くかもしれない。善助や和助に万が一のことがあったらと我慢したんだ。怖い殿様と、悪臭に耐えて、おなかは一夜を過ごした。

殿様が何をしたのかを具体的に言うこともない。ようは部屋で意図的に排泄《はいせつ》したんだ。それだけで十分だよ。けがらわしい。

吉原なら、そんな真似をしたら、たとえ旗本だろうが大名だろうが許されない。あの濠の中の決まりがある。

「千住なら何をしても許されますし、殿様のお名前に傷がつくことはございません。ここはひとつ、私にお任せください」

とか言って、久八がそそのかしたのかもしれない。千住を舐めていやがるんだ。

「善公呼んどいで」

おひろが怒鳴ったのと、普段は「善さん」と呼んでいる善助を「善公」と呼んだから、女たちは驚いた。

「まさか久公に限って、そんな真似を許すわけはないと思いますがね」

善助は言った。

「今度、野郎があの殿様を連れて来たら、店に上げなきゃいいだけじゃねえんですか」

善助の言うこともわからなくはない。久八は上客を大勢連れて来る。だから、わざわざ機嫌を損ねるような真似をすることはない。たまたま久八も知らずに悪い客を連れて来ちまっただけかもしれない。

今度、久八が殿様を連れて来ても店に上げないで、久八が詫びれば、一度の過ちだから勘弁してやろう。それで久八が怒って来なくなったら、その時はそれで縁切りでいいじゃねえか。

殿様の件は起きちまったんだ。今まで久八に儲《もう》けさせてもらったことを考えたら、布団の一組くらいどうということはないだろう。わざわざ久八の家まで文句を言いにいって波風立てることじゃない。

「久八が知らずに殿様を連れて来たんなら、それはしょうがないよ。だけど

「……」

知っていて連れて来たんなら許せないんだよ。おなかを傷つけたことも。千住なら何をしても許されると思ったことも。

吉原なら許されないが、千住なら大丈夫。千住を格下に見てやがる。おひろもかつて吉原から千住に住み替えた時は、千住は格下だと思っていた。好きな男にふられて、千住に住み替えたのは自棄八《やけっぱち》なところもなかったとは言わない。でも来てみれば、千住は決して格下ではない。値段は安いかもしれないが、千住には千住の遊び方がある。

千住は格下だから、千住の女には何をしてもいいわけないじゃないか。

傳右衛門は近いうちに久八は来るだろうから、「その時話せばよかろう。場合によっては俺がきっちり話をつける」と言ったが、次に来る時は殿様でなく、但馬屋とか、金離れのいい連中を連れて来れば、傳右衛門は絶対に何も言わないだろう。

「ここはきっちりと話さないといけません」

おひろがかなり強く言った。

このおばさんがここまで強く言うことはない。これは逆らうとあとあと面倒だ。

「徳蔵を呼べ」

傳右衛門が言った。若い衆頭の徳蔵とおひろで、久八のところへ行かせようと思った。徳蔵なら、おひろが逆上した時の押さえ役になると思ったが、

「徳蔵さんじゃ駄目です。善公……、善助さんと参ります」

善助は久八と仲がいいから、善助には久八もホントのことを言うだろうというのもあったが、それ以上に、徳蔵は年寄りで、和助は小柄だ。善助が一番、喧嘩が強そうだから、場合によっては久八の頭に拳固のひとつも食らわせてもらおうじゃないか、とおひろは思った。

そうして、おひろと善助は、千住を出て、まず浅草まで行き、吾妻橋を渡って、久八が住んでいる本所へとやって来た。

久八の住んでいる本所達磨横丁《だるまよこちょう》に着いたのは昼前、達磨横丁はいわゆる貧乏長屋だった。

「おや、善公の兄貴に、えっ！　それに、おひろ姐《ねえ》さん、わざわざこんな所まで来てくださったんですか」

久八は家にいた。いつもの薄茶色の羽織でなく、どっかでもらったであろう、名入りの浴衣を着ていた。

「うちは手狭で。二人で来たってことは、大事な話があって来たんでしょう。えー、横丁出ましてね、水戸様のお屋敷のほうへ行きまして、源兵衛《げんべえ》橋の手前の所に鰻屋《うなぎや》がございます。たいした店じゃございません。すぐに参りますんで、そこの二階で一杯やって待っていておくんなせい」

なるほど、鰻屋はたいした店じゃなかった。もっともこのあたりに、他に店らしい店もなかった。

「二階、空いてるか」

善助が言った。

「どうぞ、お上がりください」

店の番頭だか主人だかが言った。案内の女中もいないような店だ。

「酒、持ってきてくれ」

「鰻はどのように」

どのようにも何も。鰻を食べに来たわけじゃない。

「あとからもう一人来る。達磨横丁の幇間の久八って野郎がな」

「なんだ、久さんのお客さんですか」

鰻屋が急ににこにこ顔になった。

「久さんにはいつもご贔屓《ひいき》願っています」

こんな鰻屋にもそこそこの祝儀を出すから、店の者の態度が違う。もしかしたら、鰻がうまいのか。いや、他に店がないから、客が来るとここしか入る店がないから贔屓にしているだけだろう。

「野郎、ずいぶん祝儀を出すわりには、あまりいい暮らしはしてませんね」

善助が言った。

祝儀に金を使うから、住まいや、道具に金がまわらないんだろう。

芸人は人間関係が大事で、そういうきめ細かさで上客を摑まえているんだろう。

酒と胡瓜《きゆうり》のコウコが来た。胡瓜のコウコは鰻屋の定番だ。善助が手酌で飲もうとするのをおひろが止めた。

「飲むのは話が済んでからだよ」

「一杯くらいいいだろう」

「駄目」

おひろが強い口調で言ったので、

「じゃ、胡瓜は食ってもいいだろう」

「胡瓜はいいよ」

「河童《かっぱ》だな、まるで」

善助は言って、胡瓜を口に入れた。

しばらくして久八が来た。麻の着物に着替え、上には黒の羽織を着ていた。薄茶は仕事着なのか。浴衣のままでもいいのに。芸人だから、近所の鰻屋でもきちんとした形《なり》で来る。

「今、鰻をあつらえましたんで。善公の兄貴は白焼きで飲むでしょう。姐さんは蒲焼でおまんまを頼みました。白焼きがよければ言って来ますが」

久八がまくしたてるのを。

「鰻を食べに来たんじゃないよ」

おひろが言った。白焼きだの蒲焼だのという言葉に、心を動かされないではなかったが、鰻は千住に帰ってから手銭《てせん》で食べればいい。

「そら、そうでしょう。お二人で来たんだ。なんか話があって来たんでしょうが、その心当たりがございません」

もしかして、やはり久八は知らなかったのか。

「えっ、まさか！」

やっと気がついたのか。

「善公の兄貴とおひろ姐さんがわりない仲になって、手に手をとって……」

「馬鹿言ってんじゃないよ！」

おひろが怒鳴った。

梯子段で、「ひえっ」と番頭の悲鳴が聞こえた。酒の追加を持って来たようだ。

「申し訳ないことをいたしました」

久八は座敷の戸口まで下がり、畳に両手をついて頭を下げた。

「じゃ、久さん、お前さんは知らなかったんだね」

「まったく存じません。あの野郎がそんな野郎とは、今の今まで知らなかった」

おいおい、いくらなんでも旗本の殿様だよ。「あの野郎」呼ばわりはないだろう。だが、おひろだって、それこそ「糞《くそ》野郎」と呼んでやりたいが、グッとこらえているんだ。

「おひろさん、やっぱり久公は知らなかったんだよ」

知らなかったなら仕方がない、で済まされる話ではない。

「あのお殿様は一体どこのお殿様です？　場合によっちゃね、かわら版屋に話をもっていきますよ」

おひろが言った。別にかわら版屋の知り合いはいないけれど。

「それだけは勘弁して欲しい。お頼みいたす」

久八の口調が侍っぽくなった。なんなんだい、この人は？

「おひろ姐さんが、かわら版屋には話さないと約束していただけるなら、あの野郎の名前をお話しいたします。そして、二度と千住に足をむけることのないよう、私が申しますゆえ、平《ひら》にご容赦《ようしゃ》」

久八が頭を下げた。

おかしなもの言いだ。殿様よりもあんたが何者なんだい？

「わかったよ、かわら版屋には話さないから、殿様のことをお話し」

おひろがそう言ったので、久八はいずまいを正した。

「あの者は、井上佐渡守正孝《いのうえさどのかみまさたか》。小普請《こぶしん》の旗本でございます」

あー、そうかい。名前を聞いてもよくわかんないが、なんか偉《えら》そうだわね。

「私と井上は道場で剣術の修行をした仲間でして。井上が家督を継いでからはあまり会うこともございませんでしたが、ある時、女郎買いをしたことがないからお前案内しろ、吉原みたいな格式ばったところは嫌だ、気楽に遊べるところがいいと申しまして」

「ちょっと待ってくれよ。お殿様はもうどうでもいいよ。なんだい剣術の修行って。

「久さん、お前、お武家なのかい？」

「面目ない。私も小普請の旗本の家に生まれました」

「お前もお殿様なのかい？」

「殿様ではない」

「でも、お武家なんだろう。お武家がなんだって幇間なんかに」

「兄がおりまして、家督は兄が継ぎました。どこか養子の口でもあれば参ったのですが、それもない。なら、市井で生きようと、家を出ましてな」

「家を出ましてって、出てどうするんだい。生きてゆくには銭がいるんだよ」

「ですから、銭儲けをしなくちゃいけないと思いまして。家を出たのが、ちょうど、二年前の春のことです。向島の土手へ参りますと桜が満開」

「いい時分に土手に来たんだね」

「凄い人です」

「そら、凄い人だ」

「でね。こんなに人が出ているんなら、酒を売れば儲かるんじゃないかと考えましてね。家を出る時に兄が餞別《せんべつ》で三両くれた。それを資本に、家に以前におりました中間《ちゅうげん》の源太がさっきの達磨横丁に住んでいたのを思い出しましてね。野郎を誘って、四斗樽を担いで向島に参りました」

「そら、儲かったろう」

「いいえ、ぜんぜん売れません」

「どうして？」

「酒は担いで来たんですが、柄杓《ひしゃく》も茶碗も持って来なかった」

「馬鹿だね」

侍が急に商売をやろうったって出来るもんじゃないんだよ。

「えー、鰻が焼けて参りました」

さっきの番頭が上がって来た。

もうこうなったら、鰻を食べながら、久八の話を聞こうじゃないか。

「しょうがないんでね、源太の家に四斗樽を運び込んで、売れないんだからしょうがない。長屋の皆さんで飲んでくださいって言ったら、はははは」

何がおかしいんだい？

「半刻もしないで綺麗になくなりました」

「花はしばらく咲いているんだよ。酒は腐りはしないんだ。次の日、柄杓と茶碗を買って、また土手に行けばいいじゃないか」

「源太が言うに、売る酒の味を知らないっていうのは、よろしくない。一体どんな酒を売るのか、ちょっと味見をしたほうがいい。それで二人で、源太の家の茶碗で二杯三杯飲むうちに、だんだん気が大きくなりましてね。二人で飲んでいてもつまらないから、皆さんも、ってなことで」

どこの世界に、二杯三杯と味見を重ねる馬鹿がいるんだ。

花見のしくじりにはじまり、それからも久八はしくじりを繰り返した。

そうこうするうちにある人が、

「お前さん、元お武家で読み書きが出来るし、そこそこの学がありそうだから、医者になったらどうだい」と言った。

ますます馬鹿だね。医者ってえのは、医者の家に奉公して修業してなるんだろう。なれるわけないじゃないか。

「私もそう思ったんですがね、医者の看板を出しましたら、患者がひっきりなしで大繁盛。いや、医術は人の生き死に関わる。私もいい加減なことはいたしませんよ。こう見えて、柔術の心得がありましたから、骨接ぎや外科治療は出来ます。風邪は葛根湯《かっこんとう》、痛みは頓服《とんぷく》くらいの知識はありましたんで薬を処方し、どうにもわからない病は、表通りの玄庵《げんあん》先生のところに連れて行く。治療をしながら、それなりに医術の本も読みました」

「なら、医者になればよかったのに」

「患者は来るんですがな、貧乏長屋の住人で薬礼が払えないんですよ。目の前で苦しんでいる患者は放ってはおけないんで、薬は飲ませます。月末に薬屋が薬代を取りに来ました。好意で薬を提供してくれていたと思っていたが、そうじゃなかった」

「薬屋は薬を売って商売しているんだ。只でくれるわけないじゃないか」

「いかにも。薬屋はこっちが医者だっていうんで、薬の貸し売りをしてくれていたんですな。薬屋の番頭から薬礼の相場を聞いて驚いた。それじゃ、長屋の衆の病は診《み》られません。そんなわけで薬代が払えない。薬屋も半年は待ってくれたんですがね。ははは。もうあんたのところへは薬は売らない。代金はなるべく早く返してください。つまるところが借金が増えてまして、医者は廃業です」

おひろはもう開いた口が塞《ふさ》がらなかった。

「医者を辞めてどうしたんだい」

それが去年の春のことだった。

患者は貧乏人ばかりでなく、中には金持ちもいた。近所にある米問屋の隠居の腰痛を治した。隠居がその礼にと、久八を吉原の夜桜見物に連れて行った。

「その時、案内をしてくれたのが、吉原の幇間で丸幸《まるこう》って人でしてね。私は丸幸師匠に気に入られまして」

「お前さん、医者と幇間は似た商売だ。俺が教えてやるから、幇間におなりよ」

世の中には医術の心得もなく、金持ちの隠居の話し相手になって治療費と称して祝儀をもらって暮らしている幇間医者っていうのがいるっていう話は聞いたことがある。いや、吉原にはよくいて、医者だか幇間だか見分けがつかない、そんなのを、おひろも見たことはあった。

「丸幸師匠から、幇間のいろはは教わったが、あとは独学でね。とりあえず、向島で花見をしている金持ちに声を掛けて、それが浅草の甲州屋さんでね」

「幇間には見えないね」

その時の久八は黒紋付姿だった。

「昨日まで医者でして」

その一言で甲州屋の主人は噴き出した。

「医者になる前は何をしていたんだい」

旗本の次男だった話はしない。去年の花見酒のしくじり話をしたら、その場にいる全員が腹を抱えて笑った。

「それでなんとか、幇間になりましてね」

今でも幇間で稼いだ金で薬屋の借金を返し、たまに病人も診ているという。

聞いていて呆れちまって、井上某とかいう殿様への怒りもだんだんに治まってきちまった。

久八の馬鹿話を聞きながら、鰻はとっくに食っちまい、あとは胡瓜を肴に、おひろも二合ほど酒を飲んだ。昼酒は効く。

八つには出ないと、夕刻には戻ると傳右衛門には言ってきたんだ。おひろと善助二人がいなければ、店はまわらない。

「久さんを責めてもはじまらないけれどさ」

帰り際おひろは言った。

「殿様の敵娼を務めたおなか、あの娘が可哀想だから」

「わかっています」

久八は頭を下げた。おひろに頭を下げてもはじまらない。

「わかっているのかい」

少し酔っているのか、声が大きくなった。

「元は武士だから、腹を切れと言われれば切りますが」

「切るのかい？」

「切れと言わないでしょう。っていうか、言わないでください」

言わないよ。久八が切腹したって、何もならない。

「今は幇間ですから」

そう言って、久八は笑った。

いろんなことの辻褄《つじつま》があった。

久八の品のよさ。金に無頓着《むとんちゃく》なところ。それでいて、お客から預かった金は一文単位できっちり勘定している。ただの幇間じゃない。育ちがお武家だから、もともと身についていたことなんだ。

そう思って考えると、見番の幇間もたいていは品がいい。下品な奴もいるが、売れている幇間は品がよくて金離れがよくて出しゃばらない。お客のお金はきっちり管理している。

してみると、幇間っていうのは威張らない侍みたいなものなのかもしれない。

「浅草まで行けば、駕籠《かご》がいくらもありますから」

久八は善助とおひろの袂に紙包みを入れた。

「ご足労いただいた迷惑料。詫びはいずれ必ず」

吾妻橋《あずまばし》の袂まで、久八は送って来て、いつまでも頭を下げていた。

「おひろさん……」

善助が驚いた声を出した。

久八が袂に入れた包みには一朱入っていた。あいつにとっては大金だろう。

「返そうか」

流石《さすが》に達磨横丁の暮らしぶりをみて、いくら詫びも含まれるからって、たいしてうまくはなかったが鰻まで食わしてもらって、一朱はもらい過ぎだと、善助も思った。

確かに久八は災難だが、少なくとも井上某はそれだけのことをやらかしている。そいつを連れて来たのは久八なんだ。

だから、今回はもらってもいいだろう。そうしなければ、久八も気が済まないんじゃないか。

その中から伊勢屋に布団代を払い、おなかには葛餅でも買っていってやろう。久八はいまに、今日のことも笑い話にするんじゃないか。おひろは思った。

季節が流れた。

秋が過ぎ、冬になって、年が明けて、やがて初午《はつうま》が過ぎると、千住は少し暇《ひま》になる。

おひろは女将のあさに呼ばれた。

「来月、おなかの年季が明けるんだ」

おなかは一六歳で伊勢屋に売られて来た。今年で干支《えと》を一回りになるが、いまでも板頭を張っている。年季は明けるが、親はもう死んでいて帰る家はない。

おなかは人気があるから、あさとしては、あと二、三年、店にいてもらいたいというのが本音だろう。

「でもまぁ、もし惚れている相手がいるんだったら。そろそろ潮時かもしれないからね」

あさは細かい金のことはうるさく言うくせに、女たちの将来のことを考えているところがある。おひろがおばさんになったのも、二九の歳だった。おひろもまだ、人気のある遊女だった。

「わかりました。おなかに聞いてみます」

「おひろ姐さん、話があるんだ」

おなかのほうから、おひろに声を掛けて来た。

年季のことなら、朋輩《ほうばい》に聞かれると面倒だ。

「私の部屋においで」

おひろの部屋におなかを連れて行った。

おなかは何年か前には、盗賊の白蔵《しらぞう》という男に惚れていて、白蔵は堅気《かたぎ》の商人のふりをしていたんで、一緒になる気だった。白蔵が捕縛され、一時は泣いていたが、何かでふっきれたのか、それからは人が変わったように遊女稼業に精を出し、二八歳の今でも板頭を張っている。

それが半年前に井上佐渡守正孝という旗本の客に酷《ひど》い目に遭《あ》わされ、少し気がすさんでいたが、最近また元気になってきた。気持ちの切り替えが出来る女なんだろう。

おひろもそういうところがある。吉原から千住に移り、千住で板頭を張り、そして、おばさんになった。その度に気持ちを切り替えてやって来たんだ。

「で、おなか、なんの用だい？」

あさの意向は伝えず、おなかがどうしたいのかを聞きたいと思った。

「私、久八さんのところに行きたいんだ」

もしかしたら。そう言うんじゃないかと、おひろは思っていた。

井上佐渡守正孝の一件のあと、しばらくして、久八は甲州屋一行を連れて来た。

旦那衆はそれぞれ馴染みの女と、新しく来た人は新しい女と、敵娼も決まった。

久八がおひろを呼んだ。

「旦那には了解を取っている。私の部屋におなかさんを呼んで欲しい」

「わかったけれど、おなかが出たくないと言ったら、ご容赦を願いますよ」

久八の座敷には出たくないかもしれない。行くか行かないかは、おなかに任そう。

「わかりました。あのお殿様じゃなければ、私は座敷に出ますよ」

そう言って、おなかは久八の部屋に行った。

二人がどんな話をしたかは知らない。

だが、次の日から、おなかに笑顔が戻ったような気がした。そして、翌月から、久八はお客を連れて来て、翌朝、お客を見送ったあと千住に残った。その夜に伊勢屋に来て、おなかの客になった。ほぼ毎月そんなことが続いていた。

おなかは人気者で廻しもとっているから。久八が来た時だって、そんなに長く一緒にいるわけではない。普通、色だの恋だのという相手には、たとえ他の客が待っていようと、色《おとこ》の部屋に行ったきりになって、他の客から苦情が来る。待たされた客は当然文句を言うから、若い衆やおばさんは困るのだが。おなかはそういうことはなかった。おそらく、久八が必要以上におなかを求めなかったのだろう。

そんな久八だから、おなかも惹《ひ》かれたのか。

だが待て。久八はただの幇間ではない。元は立派なお武家だったんだ。なんていう名前だったかは知らないけれど。とにかく、ちゃんとしたお武家だった。そんな久八が遊女と一緒になれるんだろうか。ふられて、おなかが泣きをみるのは困るよ。

「わかったよ。あとは私に任せてくれるかい」

おひろは言った。

それから数日後、明日あたり、本所を訪ねてみようかと思っていた時、

「おひろさん、いいかい」

善助が顔を出した。

「なんだい」

「久公が話したいことがあるって来ている」

なんだよ、渡りに舟じゃないか。

「今、橋の袂の、おでん・燗酒《かんざけ》の店で待たせている」

「わかった。すぐ行くよ」

久八はいつもの羽織でなく、木綿の着物に黒の羽織、どこかの商家の番頭風の

形《なり》をしていた。

おひろと善助が座るなり。

「話というのは、私は幇間を辞めようと思うんだ」

久八の言葉に、おひろも善助も驚いた。善助は久八に辞められては祝儀がもらえなくなるというのもあるが、そんなこと以上に「善公の兄貴」なんて言われて、久八を可愛い弟分みたいに思っていた。

「どういうことなんだ、幇間を辞めようと思うってえのは」

「兄がね。病になった」

「兄って、お旗本の兄さんか」

「兄にはまだ子供がいなくてね。それで、私に家を継いでくれと」

「よかったじゃないか。それはお前にとっては願ってもねえことだろう。いや、兄さんには気の毒だが。でも、久公は、いや、久様といったほうがいいのか、あんたは元々お武家なんだからよ」

そうなんだよ。久八がいなくなるのは寂しいが、久八が本来いるべきところに戻るってえのは、喜んでやるべきことだ、と善助は思った。

「ちょ、ちょっと待っておくれよ」

おひろが口を挟んだ。

おなかは久八と一緒になる気なんだよ。このまま、おなかを、その気にさせといて、自分はお武家になって、ふろうっていうのかい。

「実はおひろさん、あんたに来てもらったのは他でもない」

なんだよ、おなかに引導を渡してくれとでもいうのか。

「約束したわけじゃねえんだが、私はおなかちゃんと一緒になりてえと思っているんだ」

えっ？　おなかと一緒になりたいって、あんた、お武家になるんじゃないのかい。

「おなかちゃんに奥方になって欲しいんだ」

そんな遊女がお武家の奥方になれるのかい？

「なれる」と久八、いや、斎藤久右衛門《さいとうきゅうえもん》は言った。

もちろん、伊勢屋から嫁入りするわけにはいかない。久八を贔屓にしてくれていた甲州屋の養女にして、さらに甲州屋の知り合いの御家人の養女にして、いろいろ間を経て、嫁に出すらしい。

話を聞いたあさは小躍りした。

「凄いよ、伊勢屋の飯盛り女がお武家の奥方様だ。本宿の連中にも自慢出来るよ」

武家に身請けされて妾《めかけ》になる女はいるが、奥方様はおそらくはじめてだろう。

「まだ、おなかには言ってないんだろう」

おひろはとりあえず、あさの了解を取ろうと思い、あさにだけ話をした。

「おなかには、私から言うから。こういう話をするのは女将の役目だからね。誰か、おなかを呼んどいで」


「嫌です」

とおなかは言った。

「なんだって？」

あさは声が裏返った。久八が、いや、旗本小普請、斎藤久右衛門がおなかを嫁に欲しいと言ったら、おなかは当然喜ぶと思った。

「何が嫌なんだ？」

「そんな斎藤久右衛門なんて方は知りません」

「馬鹿だね。斎藤久右衛門ってえのは、幇間の久八のことだよ」

「そんな、女将さん」

おなかは笑い出した。

「久さんと斎藤なんたら様が同じ人なわけないでしょう」

「わかんないのか！」

あさは中っ腹になったが。

おひろにはおなかの気持ちがわかった。もちろん、久八と斎藤久右衛門が同じ人くらいはわかっている。同じ人だけれど、斎藤久右衛門を名乗っている人は、おなかにとっては久八じゃないんだ。

前と一緒なんだよ。奥州から来る白さんっていう商人と、捕縛された盗賊の白鼠の白蔵は、おなかの中では別人なんだ。白蔵が捕縛されて、当然、白さんは来なくなった。白さんにふられて、おなかは気落ちしたが、何ヶ月かして白さんのことは諦めたんだ。

今、久八が実はお武家だと言われても、おなかの好きな久八は、幇間の久八しか考えられないんだよ。

「この子はね、気が動転して、自分で何を言っているのかわからないんじゃないのかね」

興奮しているのは、むしろ、あさのほうだ。

おひろには心配なこともあった。

一六歳からずっと伊勢屋にいて、遊女以外の暮らしを知らないおなかが、武家の奥方様が務まるのかどうか。もしかしたら、堅気《かたぎ》のおかみさんだって難しいかもしれないのに。

「他の野郎なら無理かもしれねえが、亭主は久公だ。うまくやれると思う」

善助は言った。

その久八の気持ちが問題なんだよ、とおひろは思っていた。なんで久八はおなかと所帯を持ちたいのか。それはおなかを傷つけた贖罪《しょくざい》なんじゃないのか。

久八は贖罪からおなかに優しくした。それで優しくされると、遊女は弱いんだよ。それでおなかは久八に惚れちゃった。本気で優しさに惚れたとしたら、それは久八にもおなかにも不幸なんじゃないか。

あさはその日から、おなかを店に出さなかった。

「なんだって、おなかがいないんだよ」

おなか目当てて来ている客が怒った。

「もうおなかは店に出ません。あしからず」

おひろには任せられないと、あさが出て来て断わるから、お客は何も言えなくなった。

「お武家の奥方様を店に出せるわけがない」

「でも、おなかは久さんのところへ行くって決めたわけじゃないんだから」

「お前はおなかが不幸になってもいいって言うのかい」

久八と一緒にならないで、あと二年年季を延ばして遊女を続けたら、おなかが不幸になると決まったわけではない。その二年で、別の好きな男が出来るかもしれないし。

これればかりは、なるようにしかならない。

宿はずれの一本桜が綺麗に咲いた。

黒紋付に袴をつけた武士が、供を連れて伊勢屋にやって来た。

供には外で待つように言った。

「えー、お武家様、なんの御用でございましょうか……」

善助が応対に出た。

「久公か……」

思わず「久公」と言ってしまい、善助はあわてた。

「善公の兄貴、ご無沙汰いたしています。もっと早くに来なくちゃいけなかったんだが、何かと面倒なことが多くて申し訳ございません」

「いやいやいや、そんなことはござりませんで、ございませんよ」

善助は舌がつった。なんだろうねえ、昨日まで「久公」「善公」だったのが、身なりが違うだけでこうも違うものなのか。

「今、女将さんを、いや、旦那を呼んで参ります」

善助は傳右衛門とあさを呼びに行った。

「斎藤久右衛門様がおなりになりまして、ござりまする」

善助は傳右衛門の部屋の前で大きな声で言った。

奥で別の用事をしていたおひろにも、その声は聞こえたし、たぶん、おなかにも聞こえたろう。

おひろはおなかの部屋に行った。

おなかにも善助の声は聞こえたはずだが、おなかは普通に化粧をしていた。あれからずっと、あさはおなかを店に出していないが、おなかはいつでも店に出られるように、八つ過ぎくらいから化粧をはじめていたのだ。

「久さんが来たよ」

おなかは「久さんって誰?」という顔をした。ホントに惚れている男の名前を聞いた時に、遊女がよくやる仕草だ。照れなのか、他の女に真理を見られたくないからするのか。

「どうするんだい」

「どうもしないよ」

「どうもしないって」

「だって、久さんは久さんじゃないんでしょう」

あさが来た。

「おなか、こっちにおいで……」

おなかの化粧を見て、あさは一瞬黙ったが。

「おひろ、おなかに普通の化粧をさせて、ちゃんとした形で連れておいで」

そう言って、あさは出て行った。

「店で一番偉いのは旦那、次は女将さん。私たちはあの二人には逆らえないんだよ」

おひろが言うと、「わかりました」とおなかは化粧紙に手を伸ばし、今の化粧を落としはじめた。

「普通の化粧って？」

おなかが言った。

ほら。堅気の化粧なんて、この子はしたこともないんだ。武家の奥方様が務まるものか。でも、今は、あさに言われたんだ。久八にちゃんと断わればいいんだ。おなかの口から断わりを聞けば、久八なら、諦めて帰ってくれる。

「化粧は私がやってあげるから。お市、私の部屋に行って、簞笥《たんす》の中から着物持ってきて」

とりあえず、おひろの着物を着せて、おなかを久八に会わせれば、あさには申し訳ないけれど、それで全部終わるんだ。

形を改めたおなかを連れて、傳右衛門の部屋へ行った。

傳右衛門、あさに、武家の久八がいた。

「おなかちゃん、迎えに来た」

久八が言った。

「あんたは久さんじゃないよ」

「私は久八だよ。形は変わっても、お前の知っている久八だ」

「違うよ。斎藤なんたら様ってお武家だろう」

「武家が嫌か」

「わかんないよ。知らないから。あんたは知らない。私の知っているのは、久さんだけだよ」

おなかはその場でワッと泣き出した。

おなかも混乱している。久八は久八なのに久八ではない。一体誰なんだ？

「優しい幇間の久さんのお嫁さんになりたいと思ったけれど、わかんないから。わかんないから、もういいんだ」

もういいんだと、おなかは言った。私はまた遊女に戻ればいいだけなんだ。おなかは思った。

「私は……」

久八が立ち上がった。

「幇間の久八でも、斎藤久右衛門でもない！」

また、わけのわかんないことを言うんだ、この人は。余計混乱するじゃないかね。

だが、久八は刀を置き、帯を解《と》いて、着物を脱いだ。襦袢も脱いだ。褌《ふんどし》一つになった。

傳右衛門もあさも、おひろもおなかも、唖然《あぜん》とした。何事なんだ！

「私は久八でも斎藤久右衛門でもない。私は私だ。名前も家もなんだっていいじゃないか。おなか！　お前だって、おなかじゃなくていい。お前という女と、生きていきたいんだ！」

「意味、わかんないよ」

おなかがつぶやいた。

「私もわかんない。ただ、私と一緒に生きて欲しい！」

久八はそれだけ言うと、おなかを抱き上げた。そして、傳右衛門に、

「御免」と言い。

褌一つでおなかを抱き上げたまま、外へ走って行った。

久八は褌一つでおなかを抱きかかえたまま、伊勢屋の表に出た。

「殿!」

供の武士があわてた。

「あとは任せた」

そう言うと、久八はおなかを抱いたまま、小塚っ原のほうへ走って行った。

「とと、殿!」

追おうとする供侍を善助が止めた。

「殿様は、あとは任せたと言ったんだぜ」

「いやいやいやいや、あとを任されてもどのようにしたらいいやら」

「俺が手伝ってやるよ」

「おぬしはなんだ?」

「殿様の兄弟分だよ」

そう言って、善助は脂《やに》だらけの歯を見せて笑った。

「な、なんなんだい」

部屋ではあさが目を白黒させていた。

傳右衛門も驚いて言葉を失っていた。

「ああいう人です。久さんは」

おひろが言った。

そうだよ、久八はああいう人だったんだ。

「どういう人だい？」

「一言では言えません」

酒売るのに茶碗忘れて、医者になったら病人を只で診て。お侍なのに幇間になって。そんな人が裸で惚れた女を抱えて走ったたって、驚くことはないよ、とおひろは思った。

私は間違っていた。今度ばかりは善助の言うことが正しかった。あの人は侍でも幇間でもない。おかしな人なんだ。おかしな人が本気で女に惚れたんだ。最初は贖罪だったかもしれないが、何度か逢って、本気でおなかに惚れたんだろう。

「おひろさん」

部屋の外から善助が声を掛けた。

「久公の着物持って来てくれ」

「あいよ」

おひろは答えた。

「あー、待って。人斬り包丁もあるんだけれど」

「おい、ご家来、人斬り包丁はあんたがなんとかしろ」

善助が偉そうに、供侍に命じた。

「御免」

供侍が入って来て、久八の大小を押しいただき出て行った。

おひろは久八の着物を抱えて、行こうとしたが、あさのほうをふり返って言った。

「一言で言うなら」

「一言で言えるのか。言ってみな」

「馬鹿です」

「馬鹿？」

「あの人は馬鹿です」

そう言って、おひろは出て行った。

馬鹿が本気で女に惚れた。それだけの話だったんだ。

おなかを抱いたまま、久八は宿はずれの一本桜のところまで来た。

「待っとくれよ」

おなかが言ったので、久八は止まった。

「どこに行くのさ」

「わからん」

「わからんって？」

「勢いだ」

「勢いなんだ」

それを聞いて、おなかはプッと噴き出した。

おなかは久八に惚れた。ある日、久八が別人になったと思った。もう自分が惚れた久八はいないと思った。でも、今、自分を抱きかかえている男はまぎれもない、久八だった。

「綺麗」

おなかが見上げたら、ちょうど一本桜が満開だった。

「うん。いい時に来た」

久八も一本桜を見上げた。

侍を辞めて、向島の桜を見て酒を売ろうと思い、次の年は吉原の夜桜を見て幇間になった。そして、いま、千住の桜を見上げながら、おなかと歩いてゆこうと、久八は思っていた。

「おーい、久公……、久公殿様よーっ」

善助の声がした。

「やっぱり二人は桜の下にいただろう」

善助が言った。

善助の後から、着物を抱えたおひろと、刀を押し頂いた供侍がついて来ていた。

質流れを買った紋付だろう。袖が短い。不恰好な黒紋付を着た、ほろ酔い機嫌の男が一本桜の下を歩いて「こつ」に向かっていた。

あれから一年経った。男は善助だ。

急に旗本、斎藤久右衛門から屋敷に来るよう言われ、あわてて質屋で紋付を買って出掛けた。

斎藤久右衛門は、一年前まで幇間の久八で、善助は弟分のように思っていた男だ。

兄が病になり家を継ぎ、殿様になっちまった。もう会うことはないと思った。

「どうしても兄貴に会いたくて、来てもらったんだ」

久八、いや、久右衛門は言った。

幕府のお役目をいただいたそうだ。善助にはなんのことやら、さっぱりわからない。なんでも貧乏人が医者に診てもらえる場所を、小石川の養生所以外にも作るための役所の、なんたらというお役に就いたとかで。

「達磨横丁で医者をしていたのも無駄ではなかった」と笑っていた。

「これで少しは世の中の役に立てるかもしれない」

めでたいから、「兄貴と一緒に飲みたかった」と言い、酒を振舞《ふるま》ってくれた。

帰り際には奥方様にも会った。

奥方様は去年まで、おなかといって伊勢屋にいたんだ。それが今では立派な奥方様になっていた。

「わざわざ遠路、お越しいただき、ありがとうございます」

なんて言いやがった。

言いやがったんだよ、おなかが。

立派な奥方様だった、伊勢屋に帰ったら、おばさんのおひろに教えてやらなきゃなるまい。

なんて言うだろう。

「人は一年経てば変わるもんだね」かなんか言うんだろう。手前はちっとも変わらないくせに。

善助が見上げると、一本桜が今年も綺麗に咲いていた。

この桜も毎年変わらずに咲いていやがる。

鯉のぼり

あれは何年前だろう。深川の家にいた頃だ。噺家《はなしか》の師匠の弟子になって、たまに寄席の二ツ目、三ツ目くらいに出られるようになった。そんな時に、宗匠がふらっと訪ねて来た。

「ちょっと野暮《やぼ》を頼まれちゃくれないかね」

「野暮でもヘボでも宗匠のお頼みなら、なんでもいたしますよ」

「悪いね。他の弟子には、ちょいと頼み難《にく》いことなんだ」

宗匠のもとで狂歌を学んでいたのを、どうしても高座に上がりたくて、噺家の師匠のところへ行ったのに、弟子扱いして訪ねてくれたのが嬉しかった。

「何をすればよろしいんで」

「うん。ちょいと吉原へ行って来て欲しいんだ」

「吉原へ？」

「で、お女郎さんに、その……、手切れ金を渡して欲しい」

ようよう。宗匠、隅におけませんな。花魁《おいらん》とわりない仲になったが、別れなきゃならない。

いやいや、宗匠、花魁は売り物買い物、そんな手切れ金なんて渡す必要はございませんよ。

「いや、私じゃないんだ。うん。これには事情がある」

「あー、やっぱり。宗匠が花魁と、そんな話はあるまいと思いましたが」

と言ったら、宗匠はちょっとしかめ面をした。

「一旦この里に身を沈めた女は幸福になっちゃいけないんですか」

薄墨、いや、おひろという花魁が言った。

宗匠に言われて金を渡した。おひろは堅気の職人と夫婦約束をしていたが、職人の家の大家が反対し、わざわざ手切れ金を用意し宗匠に託したらしい。その使いを頼まれた。

「あなたが年季が明けて、堅気になる時の、まぁ、何か商売をする時の資金の足しにでもしてくださいとのことづけです」

「なんで、大家さんがそんなに親切にしてくれるんですか」

「大家さんも私も、足を洗った女郎が幸福になっちゃいけないなんて思ってはいません」

「なら……」

「でもね。そう思う一方で、自分の倅は女郎と一緒にはさせたくはない。親の我《わが》儘《まま》です」

「あの人、俺に親なんかいないって言ってたんですよ」

おひろの目に涙が浮かんでいた。

「いいお父つぁんがいたんですねえ」

「ホントの親よりも過ぎた親かもしれませんな」

「でしゃばりの、とんでもない嫌な親ですねえ」

おひろは笑った。

そうそう。面白い偶然があるもので、つい先日だ。私は、おひろさんに会ったんだ。今は千住で、おばさんをしていた。なんという店だか忘れたが、誰かに聞けばわかるだろう。

瀧川鯉弁《たきがわりべん》は末席に黙って座して読経《どきょう》を聞いていた。

まもなく読経が終わる。そうすれば、あなたとはお別れだ。

恩返しの半分も出来なかった。だから、せめて葬式には、お棺を担がせてくれとは言わないまでも、道案内でも、通夜のお燗《かん》番でも、なんでもやるつもりだった。

「いやいや、それは一門の者でやりますから」

高弟の瀧川鯉一《りいち》が言った。

「さもありましょうが、私も師匠に恩恵を受けた者の一人、何か御用がございましたら、働かせていただきとうございます」

鯉弁は慇懃《いんぎん》に言った。

「いやいや、そんな鯉弁さん、あなたは噺家《はなしか》のお弟子で、狂歌《きょうか》のお弟子ではございません。一門の客分でいらっしゃる。お客様を働かせるわけには参りません。どうぞ、そちらで師匠にお別れをしてください」

「かしこまりました。そうさせていただきます」

ここでこの男と言い合いをしてもはじまらない。下手をしたら師匠の顔に泥を塗ることになるから。鯉弁は座敷の末席に座した。

悔しいなぁ、悔しい。

私が一番目を掛けられていた、わけではなかったのかもしれない。

でも師匠は可愛いがっていてくれた。

大勢いる弟子の中で、狂歌の出稽古の供にはよく連れて行ってもらっていたんだ。

「おや、また鯉弁さんがお供ですか。鯉弁さん、あんた師匠のお気に入りだね」

お客に言われると、師匠は決まってこう言った。

「馬鹿な弟子ほど可愛いと申します」

そうだよ。一門で馬鹿の番付を作ったら、間違いなく私が大関だ。


鯉弁は元の名前を弁太郎《べんたろう》といった。

人形町《にんぎようちよう》で、ちょっとは人に知られた小間物問屋の長男だった。

読み書き算盤《そろばん》は人並み以上に出来た。とくに家業には興味はなかったが、まあ、このまま親の跡を継いで、小間物屋をやりながら、なんか道楽を見つけて、暢気《のんき》に人生を送ればいいじゃないか。そんな風に考えていた。

一七歳の春から弁太郎は番頭の彦兵衛《ひこべえ》に店の仕事を教わり、帳場に座ることもたまにあった。

「いい跡継ぎがいて、旦那も安心だ」

世辞でも客に言われると気分は悪くはない。

そして二年が過ぎたある日、父に呼ばれた。

「すまないが、お前、若隠居してくれないか」

武家は長男が相続するが、商家は必ずしも長男相続と決まってはいなかった。兄弟の中で商才のある者が跡を継いだ。あるいは兄弟が全員商才がなければ、娘に婿《むこ》をとったり、親戚の者や奉公人から商才のある者を養子に迎えることもあった。

商売にしくじりは許されない。商才がない者が跡を継いで、店が潰《つぶ》れたら、自分たちだけでない。得意先にも迷惑が掛かり、奉公人は路頭に迷う。だから、失敗しないだけの商才がある者が跡を継がなければならなかった。

その場合実子は資本を出してもらって別の商売をするか、若隠居するという道があった。資本を出してもらっても商売がうまくゆくとは限らないから、余裕があれば、捨て扶持《ぶち》で若隠居してもらうほうが家としては安心だった。

弁太郎にずば抜けた商才があるかと言われれば疑問だが、今までの商売をそつなくこなすことくらいは出来るだろう。大きな判断は主人がしなければならないが、通常業務は奉公人たちがうまくまわしてくれる。今のところ、何かとくに問題があるわけもないのに、若隠居と言われて、弁太郎は驚いた。

弁太郎に弟はいない。弁太郎を若隠居させて、誰に跡を継がせるんだ。

そうか。妹のお花《はな》に婿を取らせるのか。

父は黙って頭を下げた。

うん。なら、仕方がないよな。

弁太郎は男っぷりがいいということもないが十人並みだ。両親も十人並み、だがどういう加減か、妹のお花は世間で言うところの醜女《しこめ》だった。目が大きいが、鼻は低く、耳もでかく、口もでかい。太っていて、ほっぺたも垂れ下がっていて、何に似ているかと思ったら、両国の見世物で見た、西洋の犬のブルドッグという奴にそっくりだった。どうしてああいう顔の子供が生まれたんだろう。

このままではお花は嫁には行かれない。嫁に行っても、嫁ぎ先で苦労をするのは目に見えている。家に財産があるんだ。財産を相続出来るなら婿に来る男もいるかもしれないし、少なくとも両親が生きているうちは婿から邪険な扱いを受けることもないだろう。

弁太郎にしても家業を継いでも、どうせ商売は番頭任せ、帳簿を見るくらいで、道楽をして暮らそうと思っていたくらいだから、若隠居して、そこそこの捨て扶持《ぶち》をもらえるなら、かえってありがたい話なのだが。

「お父つぁん、ちょっと考えさせて欲しい」

もったいつけるわけではないが、やはり身代を他人に譲って、若隠居してくれ

というのは、あっさり納得はできなかった。親父も、

「まぁ、お前も一生のことだ。よく考えて返事をくれ」

と言った。

お花は名前の通り花が好きだった。気持ちは女らしい、可愛い女だ。妹だから言うわけじゃないが、可愛い娘なんだ。

お花は活花《いけばな》をやっていた。一〇歳くらいから、熱心に稽古に通っていた。店先に飾っている活花はお花が活けたものだ。活花をやりながら、ずっと家にいればいいじゃないか。婿をとっても、両親がいるうちはいいが、両親が死んだら、婿に邪険にされないとも限らない。弁太郎が跡を継いで、お花をずっと家に置いておいてもいいんだ。弁太郎の息子の代になればわからないが、弁太郎が生きているうちは守ってあげられる。

手代の恭二郎《きょうじろう》は弁太郎が一二歳の時に奉公に来た。弁太郎より一歳年下。奉公に来た時から年齢も近いし、二人は気が合った。太郎と二郎だし。

「表向きは若旦那でいいが、二人きりの時は兄貴って呼んでくれよ」と弁太郎は言い、恭二郎も「兄さん」と慕ってくれていた。

「兄さん、私がお花様の婿になるわけにはいきませんか」

恭二郎が言った。

それは願ってもない話だ。恭二郎がお花の婿なら安心だし、ホントの兄弟になれるっていうことだろう。

だが、

「恭二郎、お前……、お花でいいのか」

恭二郎にとっても一生のことだ。いくら店の主人になれるといっても、お花を一生の伴侶《はんりょ》として暮らしてゆかれるのか。弁太郎にとっては可愛い妹だが、妹と嫁じゃ違う。弁太郎だって、もし他人で、お花を嫁にもらわないかと言われたら……。

「お嬢様は心の優しいお方ですよ。旦那様も兄さんも、そこのところがわからないのか」

「それはわかるがさ。だが、お前だって、その……、男としてどうなんだよ」

男なら誰だって、いい女を抱きたい。

お花の婿になって、他所に妾《めかけ》でも囲われたら、泣きをみるのはお花だ。

「兄さんだから本音を言うよ。妾を囲うような真似は絶対にしないが、三月に一度でいい。板橋か千住に女郎買いに行くことを許してくれ」

弁太郎は思わず噴き出した。

「何がおかしいんだ？」

これだけ馬鹿正直な野郎なら大丈夫だろう。

「わかったよ。お前がお花の婿になってくれるなら、俺は安心して若隠居が出来る」

「兄さん、あとは任せてくれ」

「お花と店のことは頼んだぜ」

弁太郎は父親に、恭二郎をお花の婿にどうだと話した。

「そら、お前、お花さえよければ」

恭二郎はお花の前に土下座をして、

「お嬢様を一生お守りいたします」と言った。

お花も恭二郎は子供のころから知っている。気心も知れている。

一年後、弁太郎は若隠居ということになった。

弁太郎は深川に家を借り、婆さんの女中を一人雇った。実家からは毎月相応の分米（隠居料）をもらった。

吉原に遊びに行くほどではないが、日々の暮らしに困ることはない金額だ。

とは言え、まだ二〇歳《はたち》の若者が毎日ぶらぶらしているわけにもいかない。

その頃、江戸の街のあちこちに寄席というのが出来はじめていた。「噺」というものを聞かせて、たいそう面白く、人気の噺家が出る寄席には大勢の人たちが詰め掛けていた。

深川は門前町《もんぜん》で賑《にぎ》わっていて、寄席も何軒かあった。暇つぶしに寄席に通ううちに、噺家になって、噺をして暮らすのも悪くはないな、と思いはじめていた。

たまたま近所の寄席に、三遊亭圓生《さんゆうていえんしょう》の芝居噺が掛かった。本物の芝居を見るようだという前評判で、それは面白そうだと出掛けた。

だが、圓生の前、膝替わりで出た初老の芸人に、弁太郎は釘付けになった。

「私のほうは、ほんの世間話で、おあとの圓生師匠をお楽しみに、ちょっとの時間お付き合い願います」

男はなんのことはない世間話をした。長屋をまわって来る棒手振《ぼてふ》り商人の話をひとしきりして、

「八百屋さん、ちょいと人参を持ってきておくれ」と女の声色で言い、「へえ、

何本お持ちしましょうか」「何本も何も、お前の人参を持ってくればいいのさ」

「えっ、私の人参と申しますと」。ここまで話して、ニッコリと客席にむかい意味深な笑みを浮かべた。そして、

「人参は昼餉のおかず夕餉には亭主の大根召し上がるなり」

そらっとぼけた顔で頭を下げて引っ込んだ。

なんなんだこの人は。

普通のことを淡々と喋った。間男《まおとこ》は普通じゃないかもしれないけれど、普通みたいなもんだろう。間男をすることで亭主の愛を確認しているんだ、この女は。そんなのはどうでもいい。この人の話し方だ。普通の喋りなのに、長屋の景色が見事に活写されて、ホントの棒手振り商人とのやりとりに聞こえた。それに肩の力の抜けた、ぼそぼそという喋りが、スーッと弁太郎の腹に伝わってきた。

この人の喋りを真似たい、と思った。

圓生を聞かずに表へ出た。楽屋口に行ったら。ちょうどさっきの初老の男が出て来るところだった。

「あなたの弟子にしてください」

弁太郎は叫んでいた。

「私は噺家ではございません」

男は言った。

「噺家になりたければ、圓生師匠に口を利いてあげますよ」

「いいえ。私はあなたの弟子になりたいんです。あんな喋りがしたい」

「困りましたね」

そう言って、男は歩きはじめた。弁太郎は黙って男のあとを付いて行った。

永代橋《えいたいばし》を渡って、新川に折れたところの町屋に男の家があった。

「おやおや、家まで付いて来なすったか」

瀟洒《しょうしゃ》な門構えの家だった。

「明日、茅場町の料理屋、紺田屋《こんだや》にいらっしゃい。狂歌の会がございます」

「狂歌の会？」

「ええ。私のみすぎは狂歌でございます」

男は狂歌の宗匠だった。

寄席に出たのは、懇意の圓生に頼まれてのことだったらしい。

紺田屋の座敷に十四、五人の弟子を集めて、狂歌を教えている。

「お弟子以外の人前で喋るのは恥ずかしいものですな」

と、宗匠は弟子たちの前で言った。

「いえいえ、宗匠、面白く拝聴いたしました」

「たいへん楽しゅうございましたな」

弟子の何人かが昨日の深川の寄席に来ていたようだ。

弟子といっても皆さん年輩の、商家の主人や、職人の棟梁《とうりよう》たち、中にはお武家もいた。

弟子たちは宗匠と和気藹々《わきあいあい》世間話をひとしきりして、それから、宗匠から題を出され狂歌を作り紙に書き、その紙を宗匠に付いて来た若い男が集めて、読み上げた。誰が作ったかはわからないように読み上げ、それに全員が投票し、よかったものから「天・地・人」、順位がつけられた。

そのあと、宗匠が全員の狂歌を寸評し、その日は閉会になった。

弁太郎はずっと、部屋の隅で正座をして様子を見ていた。

弟子たちが帰ったあと、

「あの方たちは弟子という名のお客様です」

宗匠が言った。

なるほど、皆、いくらかお金を包んで、やって来る。宗匠と世間話をし、狂歌を寸評してもらう、教授料なわけか。

「噺家になりたいのなら、私のところに来ても無駄です。噺家の師匠のところで修業なさい。もし狂歌がやりたければ、申《さる》の日にここで会をやっておりますから、いらっしゃい。あなたはどこかの商家の若旦那？」

「いいえ。先頃、若隠居をいたしました」

「左様ですか。では、教授料、一回につき、二朱（約一万二千円）で、お教えしましょう」

二朱が高いのか安いのか、弁太郎にはわからなかった。寄席の木戸よりははるかに高いが、宗匠に狂歌を寸評してもらえるのなら安いのかもしれない。

だが、さっき狂歌を集めて読み上げた若い男や、お客様の弟子たちから金を集めたり、お茶を淹《い》れたりしていた男たちがいた。彼らは狂歌の、お客ではない弟子なのだろう。会の雑用をしながら狂歌を学んでいる弟子だ。

弁太郎も彼らと同じく修業をさせてはもらえないだろうか、と思った。二朱が惜しいんじゃない。申の日に会に来るだけでは十二日に一度しか宗匠に会えない。しかも大勢のお客の一人で、一体何を学べというのだ。

「鯉一、差し上げて」

宗匠が若い男に言うと、鯉一と呼ばれた、さっき狂歌を読み上げていた男が冊子を持って来て弁太郎に渡した。

「これは一朱で売っているんですが、差し上げます」

「ありがとうございます」

「狂歌の作り方、みたいなものが書いてありますが、この通りに作っても面白い狂歌は作れません。はっはっは」

わざとらしく宗匠は笑った。

作れない本を一朱なんていう大金で売っているのか。

「それを読んで独学で勉強してもよし。こちらに来て勉強するもよし」

そう言って、宗匠はニッコリ笑って部屋を出て行った。

「もし、次の申の日においでになられるのでしたら」

鯉一が慇懃《いんぎん》に言った。

「この紙に住まいと名前をお書きください」

仕方がない。とりあえずは、宗匠とお近付きになれただけでもよしとしよう。

「古典に学べ」

宗匠からもらった冊子に書いてあった。

狂歌っていうのは、和歌を洒落《しゃれ》のめしたものだろう。ならば。

とりあえずは、昔、どんな和歌が作られていたのか知らねばなるまい。

毎日、暇だったから。

とりあえず、貸し本屋に行って、「古今和歌集《こきんわかしゅう》」を借りて来た。それを毎日、ただ読むというより、ながめて、次の中の日を待った。

「腰巻の色は　赤か白かといたずらに　ちょいとかがんで　ながめせしまに」

何人かがプッと噴き出したが、「天・地・人」には入らなかった。読みながら、鯉一はあきらかに嫌な顔をした。

「そら、私も、お女中のお腰の色は気になります」

宗匠が寸評したら、お弟子たちはドッと笑った。

このそらっとぼけた言い方、もしかしたら年齢を重ねないと駄目なのかもしれないけれど、これを自分のものに出来たら。

宗匠の寸評はそれだけだった。

しかし、今の一言でお弟子たちを笑わせた、あれを見ただけで二朱の元は取った、と弁太郎は思った。

家に帰ると、わき目もふらず「古今和歌集」を読んだ。「古今和歌集」を読み終わると「新古今和歌集」を読み、気に入った和歌、というかネタになりそうな和歌を書き写して、壁に貼って何度も読んでみた。

弁太郎が旦那方のお弟子に混ざって申の会で狂歌を作るようになり半年が過ぎたある日、たまたま弟子の一人が友達を三人連れて来た。いずれも商家の旦那で、狂歌を習いたいがどんなものかしらと見学に来たようだ。

お弟子たちには茶と菓子が出されるが、その日の菓子は人数分しか用意されていなかった。

「ちょっと、菓子を三つ、買ってきてくれませんかな」

宗匠が弁太郎に言った。

「私ですか」

弁太郎は「喜んで参ります」と立ち上がろうとした。

「宗匠、私が行って参ります」

　鯉一が言った。

「あなたは他にお役目がある。菓子の使いくらいなら、この人にも出来るでしょう」

　宗匠が優しく言った。

「わかりました。じゃ、お願いいたします」

　鯉一が弁太郎に四文銭を十枚（約千円）渡した。

　子供の使いだが、宗匠の役に立てるのが嬉しかった。

「今日から、あの人からはお金を取らなくていいから」

　宗匠が鯉一に言った。

「働いてもらった人からはお金はとれませんよね」

　宗匠は次の申の日から、弁太郎に半刻早く紺田屋に来るよう言った。座布団《ざぶとん》を並べるのが弁太郎の役目になった。

　しばらくして、申の会の手伝いは読み役の鯉一と金勘定役の鯉捉《りそく》に、弁太郎の三人で行うようになった。お茶と菓子の用意、紙を配ったりといった雑用は全部、弁太郎の役になった。

半年くらいすると、旦那方のお弟子から、「鯉弁さん」と呼ばれるようになった。宗匠から名付けられたわけではない。鯉一をはじめ、宗匠の弟子は「鯉」の字をもらう。鯉一は本名が「一太郎」で「鯉一」、これは宗匠が名付けた。他の弟子も「鯉初《りはつ》」だの「鯉紺《りこん》」だの「鯉捉」なんていう名の弟子がいて、宗匠が名前の一字を「鯉」に付けたものもあれば、なんとなく雰囲気で付けた名前もあった。

弁太郎だから「鯉弁」か。

「いやいや、あんたは便利によく働くから」

と、ある旦那弟子が言った。

「大きな声じゃ言えないけれどさ、鯉一さんは読み役になってから、まったく働かないし、私たちにも威張るから」

古い弟子の話では、鯉一も弟子に来た頃は、皆の世話をよく焼いて、一所懸命働いていたらしい。鯉一は宗匠の家で下男のようなことをしていて、お弟子たちから古着や小遣銭をもらっていたが、三年前に独立、申の会の手伝いには来るが、宗匠の用事はせずに、自分で何人かの弟子に狂歌を教えているらしい。

宗匠も鯉一たちも弁太郎が「鯉弁」と呼ばれるのに、とくに否とは言わなかった。鯉一は嫌な顔はしたが、何か言うことはなかった。ただ、宗匠も鯉一たちも「鯉弁」とは呼ばなかった。旦那弟子たちだけが「鯉弁さん」と呼んだ。

弁太郎が申の会の弟子たちから「鯉弁さん」と呼ばれるようになった頃から、宗匠は鯉弁を、個人的に教授に行く時の供に連れて行くようになった。それまでは宗匠の家に住み込みでいる鯉初か鯉紺が行っていた。

ある申の日に、

「明日、昼に家にいらっしゃい」と言われ、行くと。

「供をしなさい」

供と言われても、宗匠は手ぶらで、荷物を持つわけでもなく、あとから付いて行くだけ。

商家の旦那や隠居相手に一刻くらい、狂歌の添削はやったりやらなかったり。世間話をしたりして、祝儀をもらって帰る。

鯉弁はその間、座敷の隅に座っている。

帰り際に、そこの家の番頭が鯉弁にも煙草銭程度の祝儀を渡す。

「宗匠、いただきました」と言うと、

「もらっておきなさい」と宗匠は言い、「どうもお気を遣わせて申し訳ございません」とその家の主人に挨拶をした。

何もせず付いて来ただけで、わずかとは言え銭をもらって恐縮した。

「もらうのも私たちの仕事ですよ」

鯉弁の気持ちを察してか、宗匠は言った。

時には、その家の者が宗匠に土産《みやげ》を持たせる時がある。

「親類が上総《かずさ》におりまして、送ってまいりました」

野菜や果物が多い。酒の時もある。

その時が供の唯一の出番で、土産を持って新川の家まで帰る。これはちょっと重いので働いた気になった。

「次は明後日いらっしゃい」

他の弟子にも供をさせるから、鯉弁が呼ばれるのは何日かに一回だ。

それでも宗匠の話を間近で聞くことが出来る。ようやく宗匠の話を学べる機会を得たと鯉弁は嬉しかった。

「あんたはいいよ。若隠居の結構なご身分で」

宗匠の家に住み込んで下男みたいなことをしている鯉初が、ある日の帰り際に言った。

なんのことだろうと思ったら。鯉弁が宗匠の供をするようになり、自分たちが供に行くことが減り、祝儀の実入りが減ったことを言っていたのだ。

駄賃程度の金額だが、彼らにとっては、煙草や菓子なんかを買ったり、貯めて女郎買いに行ったりもする貴重な収入なのだろう。

「鯉初の兄貴、いろいろ教えていただきたいことがあるので、ちょっと付き合っていただけますか」

「なんだよ」

このところ江戸の街に出来はじめた店舗の蕎麦《そば》屋に鯉初を連れて行き、天ぷら蕎麦を奢《おご》った。

「どうぞ召し上がってください」

「いいのかよ」

次に宗匠の家に言った時は、もう一人の弟子の鯉紺を誘った。

「鯉弁さん、今日は雨が降りそうですから、傘をお持ちなさい。あなたのぶんも、この番傘、私のだけど使っていいから」

「鯉弁さん、もらった饅頭が余っているけれど、食うかい」

鯉紺と鯉初は何かと親切になった。蕎麦一杯で人間そんなに変わるものか。変わるもんだ、ということがよくわかった。

嬉しかったのは、この二人が「鯉弁」と呼ぶようになったことだ。鯉初と鯉紺が「鯉弁」と呼ぶようになったので、他の弟子たちも「鯉弁」と呼ぶようになり、一門で弁太郎を「鯉弁」と呼ばないのは宗匠と鯉一だけになった。

鯉初と鯉紺とは、それからも時々、蕎麦や寿司を食べに行った。勘定は鯉弁が払った。

「兄貴、ようがすよ。たまたま今日、持ち合わせがありますから」

「悪いな」

勘定なんて、その時、持っている者が払えばいい。問題なのは、誰も銭を持っていない時で、でもその時はその時で、勘定を待ってもらう頭の下げ方を覚えていればいい。それでも駄目なら、走って逃げる、という手もある。

鯉弁には実家からの分米があるから、蕎麦や寿司の勘定に困ることはない。

蕎麦をご馳走するぶん、鯉初と鯉紺は、気難しい旦那弟子への対処の仕方なんかを教えてくれたりもした。

たまにだが、鯉初が奢《おご》ってくれることもあった。

「今日は多目の祝儀がもらえてな」

祝儀が多ければ奢ってくれる。なければちょいと頭を下げてご馳走になる。芸人らしくていいじゃないか、と鯉弁は思った。

月に一度、恭二郎が深川の家へやって来る。分米の金を届けに来るのだが、家のことや、両親のこと、お花のことを報告してくれる。

もともと弟のように思っている恭二郎と会うのもだし、両親や妹の息災を知るのも嬉しかったし、まぁ、分米をもらえるのが何よりで、恭二郎が来るのは楽しみだった。

鯉弁は近所の魚屋に活きのいいのを刺身に造らせ、酒を用意し、恭二郎をねぎらった。

「兄さん、いくら兄さんの家に来ているからって、赤い顔して店には帰れませんよ」

「なんだよ、お前は主人だろう」

「いやいや、店は旦那が仕切っていますし、私は一応、番頭ということにはなっていますが、大番頭の彦兵衛さんも元気で、彦兵衛さんの許しがなければ一文も自由には出来ません。私は婿と言っても、まだお店を相続すると決まったわけではございませんし」

「何言ってるんだよ。俺はもう隠居したし。あとはお前の好きにしていいんだ。俺から。今度お父つぁんに言ってやるよ」

「兄さんに言ってもらうようなことではございません」

と言いながらも、恭二郎は、流行の櫛を仕入れたいと言ったのに彦兵衛に反対されて儲《もう》け損なった愚痴をひとしきりした。

「彦兵衛さんはもう古いんですよ」

という頃には、徳利が何本か空になっていた。

「いけない、ずいぶん飲んじまいました」

「酔いを醒ましていけばいいさ。一緒に大川まで行こうや」

二人で歩きながら、子供の頃の話をした。

「お花はどうしている？」

「お花様はお元気ですよ」

「ちょっと待てよ。お前、女房にお花様はないだろう」

「でも、ずっとお花様とお呼びしていたのを、お花とは呼べませんよ」

自分は暢気に、宗匠のところで狂歌をこしらえているのに、恭二郎には苦労を掛けちまっているなぁ、と鯉弁は思った。

「恭二郎、来月は一緒に千住に行かないか」

「千住ですか、何しに？」

何しにはねぇだろう。小塚っ原に晒《さら》し首見に行くんじゃねぇや。

「三月に一度くらいは行きたいって言っていたろう。俺もちょいとご無沙汰だ。泊まりが駄目なら、昼遊びにしようぜ」

「あんたは狂歌と噺とどっちがやりたいんだい」

宗匠がポツリと言った。

「あんたは最初、私の高座を見て弟子入りに来たんだったよね」

「はい。宗匠のような喋りで、お客様を笑わせたいと思いました」

「狂歌のほうは、そこそこ出来るようにはなった。町屋で狂歌を教えて暮らすのなら、こんなものでもいいかもしれないが、狂歌で身を立てたいのなら、ここで本腰を入れて狂歌の勉強をしたほうがいい」

鯉一や、他に何人か、宗匠に狂歌を習って独立して、町屋で狂歌を教えてみすぎにしている者たちもいる。そのくらいなら、今でも出来ると宗匠は言う。つまり実家から分米をもらわなくても飯くらいは食えるということだ。だが、せっかく分米があるんだから、狂歌の勉強に取り組んだらどうかと言った。あるいは、

「寄席に出て人前で噺がしたいんなら、噺の修業をしたほうがいい」

この頃は、現代の落語家のように、噺家が職業として確立しているわけではなかった。役者と違い、噺家は町人の身分で、専業でやっている者もいたが、なんか別に仕事を持っている者も多くいた。あるいは、鯉弁のような若隠居のような身分の者もいたし、戯作者のような人もいた。ようは、面白いことを話せれば噺家になれた。だが、大きな寄席に出て大勢客を集められる噺家ならば噺家として生活出来たが、鳶《とび》の頭の家の二階に二、三十人の客を集めているくらいでは生活出来ないから、昼間は仕事をしていたり、金に不自由がないから噺家でもやろう、なんていう者たちがずいぶんいたのだ。

「私が口を利いてあげれば、誰かの会の助っ人で高座に上がることはすぐに出来るが、お客様から木戸を取るんだ。少しは面白いことを喋れないと困るだろう」

「たとえば、こんな話なら、どうでしょう」

考えていたネタを喋ろうとした鯉弁を、宗匠は制した。

「いや、あんたのこしらえた話なら、そこそこは面白かろう。気も利いているだろうが、噺っていうのは、聞かせる技ってえものがある。人物を使い分けて、会話の間みたいなもんで笑わせるんじゃないのか」

「左様です」

「それは私には教えられないんだ」

まだ落語が、その形式を模索していた時代である。現代で古典落語として演じられているネタの原型みたいなものが出来はじめ、演じ方も、口調で人物を演じ分けるとか、上下《かみしも》を切るとか、そんなものが少しずつ考案されはじめていた頃である。

「宗匠の話から、それを学びたいと思うのですが」

「うん。十人、二十人を相手にするなら、それもよかろう。だが、大きな寄席で、圓生さんや正蔵《しょうぞう》さんのような噺をやろうと思ったら、そういう技を学んだ方がいいと、私は思うよ」

宗匠の言うことはいちいちもっともだった。

自分がこの先どうなりたいのか。

町屋で狂歌を教えて細々暮らす。あるいは、狂歌を極めるか、噺家になって高座に上がるか。

迷いながら、空いている日は寄席に行った。

たいしてうまくもない噺家が出ていた。噺を聞きながら、私なら、こう語るのに、という道筋がいくつもよぎった。

やっぱり噺がやりたい。

二月ほど、宗匠の供の間に深川あたりの寄席をまわった。この師匠について修業をしたいと思う噺家には出会えなかった。

銭を払ってどっかの寄席を借りて、自分でこしらえた噺をやってみようか。面白ければ客は来る。だが、客が来ないかもしれない。それに、自分の語りの技で、自分の語りたいことが伝えられるのだろうか。自分勝手に喋っても、自分の考えた面白い話が伝わらなければ何もならない。

戯作者になって、噺家にネタを提供しようかとも考えたが。違うよ。宗匠のような語り口で、自分の考えた面白い話を語りたいんだ。

やはり誰か噺家のもとで修業して、技を身につけるしかあるまい。

その噺家は決してうまいわけではなかったが、語り口調が滑らかで、噺の内容が一度聞いただけでスーッと腹に伝わってきた。話し方はまったく違うが、腹に伝わってくる感じが宗匠に似ていた。こういう技を身につければいいんじゃないか。この人に二、三年ついていれば、人に伝える技が身につくかもしれない。

楽屋を訪ねて、弟子になりたい旨《むね》を伝えた。

「お前、名前はなんてえんだ」

「弁太郎といいます」

「弁当屋みてえな名前だな。まぁ、いいや。旨《うま》そうで」

弁当屋みたいな名前と言われたのははじめてだった。もっとも小間物屋の若旦那に「弁当屋みたいな名前」と言う者はいない。狂歌をはじめてからは名前を聞かれたことはなかった。申の会に最初に行った時に、鯉一に言われて名前を書いた。それで名前は皆知っていたんだ。

「商売はなんだ？」

なんて答えよう。鯉弁は少し迷った。小間物屋の若隠居と言ったら、道楽で噺を習いたいだけと思われるかもしれない。月謝を払って噺を習ってもいいが、それでは宗匠の言う修業にはならない。

「狂歌師です」

鯉弁は言った。

「狂歌で食えねえから噺家になろうっていうのか？　噺家も食えねえぞ」

そう言って噺家は笑ったが、よくよく鯉弁の形《なり》を見たら、食えない奴の形ではない。

鯉弁のほうがいい帯を締めている。

「狂歌師なら、狂歌の名前があるだろう」

「はい」

「なんてんだ？」

「鯉弁。瀧川鯉弁と申します」

「なら、噺家の名前もそれでいいな」

噺家の名前？　ということは弟子入りが認められたのか。

「明日から来られるか」

噺家は言った。

「ちょっと遠いが、芝《しば》の寄席でトリをとる。手伝いに来い」

「はい。ありがとうございます。よろしくお願いいたします」

「おう、こっちこそ頼むぜ、鯉弁」

宗匠は一度も「鯉弁」とは呼んでくれなかったが、噺家の師匠からはいきなり「鯉弁」と呼ばれた。これからは「鯉弁」なんだと、鯉弁は思った。

翌日、昼前に新川の宗匠の家に暇乞《いとまご》いに行った。

「そうですか。噺家の修業をなさいますか。ようございました」

「ようございました」と言いながらも、宗匠は少し寂しそうだった。

いや、この人は多分、どんな相手でも、人との別れ際にはこういう喋り方をするんだろう。

嫌な奴でない限り、人との別れは寂しいんだ。人との別れの時の気持ちを、形で教えてくれているんだ。もっとこの人から、いろんなことを教わりたい、鯉弁は思った。

「噺家の修業が済んで、暇になったら、またいつでもいらっしゃい。狂歌も役に立つことがございましょう。あなたは私の弟子でもあるんだから。私が教えられることなら、なんでも教えて差し上げますよ」

短い間だが、この人の傍にいられて、よかったと思った。

その足で芝まで行った。

愛宕山の近くの、常陸屋《ひたちや》という蠟燭屋《ろうそくや》の二階が寄席になっていた。蠟燭屋の番頭に断わり中に入れてもらい、客席の座布団を並べて、楽屋で湯を沸かした。

「気が利くな」

師匠が楽屋に入って来て言った。

「今日の助《すけ》はどなたで」

助とは助演者のことだ。噺家が来ることもあるし、音曲が入ることもある。この時代はまだ、マジックや漫才はなかった。どんな番組の流れか、知っておこうと思った。

「助はいねえ」

師匠の独演会なのか。それにしても、ぽちぽち日暮れだというのに、前座を務める兄弟子も来ていない。

「今日は俺が三席やるから」

やはり師匠の独演会か。

「前座は鯉弁、お前が上がれ」

はぁ？　昨日弟子入りしたばかりで、前座に上がれってどういうことだ。

「あの、師匠、まだ噺を教わっていませんが」

「教えてねえなぁ」

「何を喋ればよろしいんでしょう」

「狂歌師だろう。なんかネタはあるだろう。客が三回笑ったら降りて来ていいから。笑わねえうちは降りて来るなよ」

とんでもない人の弟子になったのか、と鯉弁は思った。

「百回の稽古より一回の舞台って、誰が言ったんだっけか」

師匠は芝界隈では人気があるのか。はじまる頃には客席は満席になった。

何を喋ればいいんだ。

三回笑えば降りて来ていいと言われた。寄席で聞き覚えた小噺が五、六個はあった。

心臓が飛び出しそうになった。

もうやるしかない。

高座に上がった。高座に上がる時に、ちょっとつまずいた。鯉弁が緊張しているのが客にわかり、客がドッと笑った。

「えー、瀧川鯉弁と申します」

声が上ずった。また、ドッと笑った。

よし。あとひとつ笑えば降りていいんだ。そう思ったら、落ち着いた。

小噺をやった。ゆっくりした口調で、丁寧に演じた。うん。まずまずの出来じゃないか。だが、客席はクスリとも笑わなかった。

ネタが悪かったか。別の小噺。笑わない。別の小噺をやっても笑わない。

五席やっても誰も笑わなかった。もうネタがないぞ。あせった。もう何を喋っていいかもわからなかった。

「皆さん、なんでも物価は上がって、暮らしは大変ですね」

自分でも何を言っているのかわからなかった。

「米上がり、薪も炭も上がりけり、下がるは瓢箪、狸金玉」

何を言っても、いまの自分では客席は笑ってくれない。もう「金玉」でも出せば笑うだろう。まさか、ホントに出すわけにもいかないから、狂歌で詠んだ。何人かがクスッと笑った。

「おあと、師匠と交替です」

頭を下げて、逃げるように降りた。

「金玉は驚いたね」

師匠はそれだけ言うと、高座に出て行った。鯉弁のことにはふれず、一言二言喋ると、客席は大爆笑となり、空気が変わったのがわかった。

このまま尻尾を巻いて逃げ出したかった。

町屋で狂歌を教えれば飯くらいは食える。いや、分米があるんだ。書見でもしながら暮らしたっていいんだ。音曲でも習えば、年増が惚れて、刺身の口移しでもしたら楽しかろう。

「あら、若旦那くすぐったい。そんなところ触っちゃ嫌」

ドカンと笑い声が響いた。師匠が、若旦那が年増に口説かれる噺をやっていた。客席は若旦那が年増の座敷に上がったあたりから笑いっぱなしだ。

ぼんやりしている場合じゃない。噺を聞いて、この間を盗むんだ。年増に口説かれるよりも、年増に口説かれる噺をやって客を笑わせるほうが面白いじゃないか。

「嫌だ、若旦那。そんな風に口を吸ったら、入れ歯がはずれる」「お前、入れ歯って一体いくつだ」「六十八」「冗談言っちゃいけねえ」

うねるような笑いを起こして、師匠が高座を降りた。

「お前が金玉なんて言うから、色っぽいネタしか出来なくなっちまった。へへへ」

師匠は笑った。

客席の雰囲気を見て、話す中身も考えるのが噺家なんだ。そのためにはネタの引き出しも多くなくちゃいけない。まだ噺家初日で、どれだけ知らないことを知ったんだ。こりゃ、タイヘンな修業だが、一生掛けてやる仕事だ。

師匠について、いろんな寄席をまわった。師匠がトリの時は、必ず前座で上がらせてもらった。師匠には他に弟子はいなかった。噺も十席くらい教わり、自分でもいくつか噺を作ったりもしていた。

師匠は毎日どっかの寄席に出てはいたが、そんなに実入りが多いわけでもない。築地の裏長屋に住んで、かみさんが針仕事をして、なんとか生活をしていた。

「まぁ、噺家なんてこんなもんだがな、俺の噺を聞いて、笑ってくれる客がいるんだ。かみさんには苦労掛けるが、辞めるに辞められねえんだ」

師匠は酒を飲むと決まってそう言った。

師匠について二年目の春に、母親が亡くなった。

少し前から胃の腑が痛むと言うので医者に診せていた。医者は胃の腑に悪いできものがあるから、薬で痛みは和らげられるが、おそらく助からないだろうと言っていた。父親も、恭二郎やお花も覚悟はしていて、亡くなる少し前には鯉弁も別れに行った。

母親は、あの時の宗匠のような寂し気な顔をして「すまないね」と言った。

噺家の修業をしていることは恭二郎が両親に伝えたのだろう。今頃は父親が隠居して小間物屋の旦那のはずが、裏長屋に住んでいる噺家の弟子になって苦労している。そのことを、母親は心苦しく思っていたのだろう。

「大丈夫だよ、おっかさん、ちゃんと分米をもらっているから、食うには困っていない。私は一生の仕事で噺家になりたいんだ。世間の皆を笑わせたいんだ」

「鯉弁さん、今度私の独演会を助てくれないか」

その頃になると、他の師匠方から高座を頼まれることも増えて来た。

作った噺がそこそこ受けるようになっていた。

「もう俺の教えることはないから、好きにやりな」

師匠が言った。

久々に申の会を訪ねた。

「おやおや鯉弁師匠、お久しぶり」

旦那弟子で、鯉弁がはじめて申の会に行った時からの知り合いの上総屋が声を掛けた。

「この間、日本橋の寄席に出ていたのを見たよ」

「私はね、新富町で見た」

「須田町にも出てたろう。面白かったよ」

皆、どっかの寄席で見ていてくれていた。「鯉弁」の看板が出ていたから、見てくれたんだ。師匠が違う名前をつけていたら、誰も見てはくれていなかったろう。「鯉弁」で高座に出してくれた師匠に、いまさらながら感謝した。

その日は、皆がなにがしかの祝儀《しゅうぎ》をくれた。

「今日は私は一人で帰るから」

宗匠は一人で帰った。読み役は鯉初に変わっていた。

「兄貴、久々に飲みに行こうか」

宗匠は鯉弁が祝儀をもらったのを知っているから、鯉初とその下の弟子たちにお裾わけしてあげなさいと、先に帰ったのだろう。

その日は久々に鯉初とたらふく飲んだ。


母親が亡くなって半年後に父親も亡くなった。

親戚が集まった。

「弁太郎、いいのかい」

神田に住む叔父、父親の弟が言った。

「今なら親戚はお前が帰って来たいと言ったら、お前を主人《あるじ》に押すよ」

「でも恭二郎という婿がいますから」

「恭二郎は二番番頭でいいだろう。奴はそのくらいの器だよ」

「でも婿が二番番頭じゃ、お花が可哀想ですよ」

家を相続できなかったら、お花の婿になった恭二郎が可哀想だ。

親戚たちの話し合いで、改めてお花の婿の恭二郎を主人とすることが決まった。

父親が亡くなって一月後、恭二郎が深川にやって来た。

「兄さん、すまない」

いきなり恭二郎が謝った。

「店の帳簿を改めて調べたが、店はそんなに儲かっていないんだ」

そうなのか。儲かっていないのか。

「大番頭の彦兵衛のやり方が古過ぎて、ちっとも新しい客が増えていないんだ」

確かに彦兵衛のやり方は、鯉弁が見ても古いと思ったが、昔からの客を大事にしていた。

「彦兵衛には暇を出した。これからは私のやり方でやりたい」

「お前が主人なんだ。好きにやればいい」

彦兵衛には気の毒だが、恭二郎にとっては丁稚の頃からいる彦兵衛の存在は煙たいのだろう。彦兵衛がいたら、いつまでも恭二郎のやりたい商売は出来ない。

「ありがとう、兄さん。ついては相談がある」

「新しい商売をやるには金がいるんだ。そこで、今まで兄さんに渡していた分米を半額にしてはもらえないだろうか」

「なんだ」

　そう言って、恭二郎は頭を下げた。

　半額はないだろう。いや、恭二郎、お前の言うことはわかる。お前の思う商売をしたいだろうが、半額となると、深川の家の家賃がやっとくらいだ。噺家の実入りがそこそこ増えてはいるが、毎日高座があるわけでもない。

「頼む、兄さん」

　恭二郎は畳に頭をこすりつけて言った。

　仕方ねえなぁ。わかったよ。これから噺家として実入りを増やしていけばいいんだ。

　深川の家を出て、箱崎《はこざき》の裏長屋に引っ越した。婆さんの女中には暇を出した。今までが贅沢過ぎた。おまんまを炊くくらいは自分でも出来る。

　翌月、箱崎の長屋には恭二郎は来ず、手代の末吉《すえきち》が分米の金を届けに来た。

　恭二郎も主人になって忙しいんだろう。

「蕎麦でも食うか」

「若旦那様にご馳走になるわけには参りません」

何を遠慮しているんだ。お前が丁稚の頃は何度も菓子や駄賃をやっていたろう。

「俺が食いたいんだ。いいから付き合え」

強引に末吉を蕎麦屋に連れて行った。

勘定を払おうと、さっきもらった包みを開けた。

どういうことだ。恭二郎は半額と言ったが四分の一くらいしか入っていなかった。

鯉弁は店に行った。

「兄さん、すまない。これから得意先と会わなきゃならないんだ。用なら明日聞くから、また来てくれ」

次の日に店に行ったら、恭二郎は留守だった。

しょうがない。

「お花はいるか」

分米の話は後でいい。妹と世間話でもして帰ろう。

「恭二郎は優しくしてくれるか」

「うん、優しいよ」

妹は言ったか、なんか寂しそうだった。

そう言えば、
前は店に飾ってあった、お花の活けた花がなかった。

三日後に店を訪ねたら、恭二郎が帳場にいた。

「ちょっと話があるんだ」

「兄さん、すまない。加賀屋《かがや》さんがもうじき来るんだ」

「加賀屋？　待たせておけばいいよ」

加賀屋の主人は幼馴染《おさなじ》みで、チビの頃、餓鬼《がき》大将にいじめられていたのを助けてやったこともある。鯉弁が「待て」と言ったら文句は言わない。

「金のことだろう」

奥の座敷に入るなり恭二郎は言った。

「今日、加賀屋さんが来るのも、上方で流行《はや》っている簪を仕入れようって話で、とにかく資金がいるんだ。儲かったらそれなりの金は出すので、兄さんにも少しの間、辛抱《しんぼう》して欲しい」

主人の恭二郎が言うなら、金のことは仕方がない。だが、

「店に飾っていた活花はどうした？」

「活花？」

恭二郎は考えて、

「あー、あれはね、お客に活花の宗匠がいて、よくないから片付けろと言われたんで片付けた」

「あれはお花が活けているんだぞ」

「知っていますよ。だから、活花の宗匠から言われたんだ。素人《しろうと》の花なんか飾っていたら、店の品格が下がるって」

「ずっとお花の活花を飾って来たろう」

「彦兵衛の時はそれでもよかったが、もう時代が違うんだ」

恭二郎が強い口調で言った。

「お花も言ったらわかってくれたよ」

親父が生きていた頃はお花様だったのが、今はお花か？　まぁ、自分の女房をなんと呼ぼうが構わないが。

「旦那様、加賀屋さんが見えました」

新しい番頭が声を掛けた。

「加賀屋？　待たせておけ」

鯉弁が言うと、

「そうはいきません！」

恭二郎が怒鳴《どな》った。

「兄さんは幼馴染みかもしれないが、番頭上がりの婿の私が、加賀屋の旦那を待たせるわけにはゆかないんだ。察してください」

恭二郎は財布を出して小判を何枚か出した。

「なんだ、これは？」

「今日のところはこれでお帰り願いたい」

「金のことじゃない。お花の活花だ……」

「番頭さん、加賀屋さんをお呼びしてください」

「あとで話そう」

仕方ない。鯉弁は席を立った。

廊下で加賀屋に会った。

「弁さん、久しぶり」

会釈して行こうとすると、

「噺家になったんだって。今度、寄席へ行くよ」

廊下でひとしきり話していたら、

「番頭さん、加賀屋さんを早くお通ししなさい。まったく、とんだ時間の無駄だ。あのもらい乞食のおかげで」

鯉弁がまだ廊下にいるとも知らない恭二郎の声がした。


「箱崎のほうに転宅されたそうですね」

宗匠の家へ行ったら。第一声そう言われた。

「ええ。まぁ……、深川の家が手狭になりまして」

「手狭になったのに、狭い家に転宅するとは。噺家は面白いことを申されますな。ははは」

宗匠はわざとらしく笑った。

「明日と明後日、お時間はございますか」

「は、はい」

寄席の出演はたまにしかない。

「ちょっとお付き合いください」

「わかりました」

「旅支度でおいでください」

どこへ連れて行こうというのだ。


宗匠と二人で草加《そうか》まで行った。

宗匠は草加の豪農、嘉右衛門《かえもん》の家に出稽古に行っていた。

嘉右衛門は狂歌が好きで、親戚や近隣の金持ちを集めて、三月に一度、中の会のような催しを開催していた。

「よる年波と申しますか、草加まで来るのが少々辛くなりまして」

会のあと、嘉右衛門と酒を飲みながら宗匠が言った。

「駕籠《かご》で参られてはいかがですか」

「お恥ずかしい話ですが、尻にできものが出来まして、長い時間、駕籠には乗れません」

あー、そうだったのか。江戸で旦那弟子たちの家をまわる時も、宗匠は駕籠には乗っていなかった。

「次から、あの者を私の代わりに出稽古に寄越《よこ》したいと思うのですが」

「あの方ですか？」

「あの者は、江戸では寄席の高座にも上がっておりまして、人気もございます。狂歌の腕はまだまだですが、世情の話には長《た》けております。どうかよろしくお願いいたします」

「宗匠が来られなくなるというのは、お寂しゅうございますな」

「私も寂しゅうございますが、体のことですから。どうにもなりません。江戸に来られましたら、いつでも新川の拙宅《せったく》をお訪ねください。あなたに、食べさせたいものがいろいろございます」

宗匠は嘉右衛門に何か耳うちして、ニッコリ笑った。

ここにいるのは、宗匠と嘉右衛門と鯉弁だけだ。

新川の近くの食い物屋を鯉弁に教えたくないのか。そんなことはあるまい。もったいつけて、小声で言ったりしているのだ。どこまで策士なんだ。

「まったく残念ですが、仕方ございません」

嘉右衛門は本気で寂しそうだった。

「で、あなた、お名前は？」

嘉右衛門が鯉弁に聞いた。

「鯉弁、と申します」

「鯉弁？」

「何かと便利に働きますゆえ」

「田舎《いなか》ゆえ、たいした物はございませんが」

一晩泊まって、翌朝、山のような野菜が荷作りしてあった。これを担いで帰るのか。

まぁ、仕方がない。夕べの宴席のあと、嘉右衛門から一両の祝儀をもらった。供に一両出すんだ。宗匠はいくらもらっているのか。

それにしても、こんなにたくさんの野菜を担げるのか。

そう思っていたら、下男が二人来て、荷を担いだ。

夕方までに江戸に着けばいいと、ゆっくり歩き、ところどころ茶店に寄ったりしながら、のんびり帰った。

新川の家に着くと、宗匠は銭をいくらか、下男たちに渡し、別に銭の束を鯉弁に渡した。

「これであの人たちを、気軽に飲める店に連れて行って一杯飲ませて、あと飯を食わせてやってください。で、すまないが、どこか木賃宿にでも送って差し上げてください」

「わかりました」

「次からは、あなたの家に泊めてあげてください」

「次……」

「聞いていませんでしたか。次から、あなたに草加に行ってもらいますから。あの家には人は泊められないでしょうから。まぁ、もう少しましな家に転宅しなさい」

「また、転宅ですか」

宗匠は箱崎の裏長屋を知っているんだろうか。

寝に帰るだけだからと、確かに雨露をしのげるだけの家なんだが。

草加の旦那に人気の噺家だなんて売り込んだ手前、あんまり狭い家に住んでいるのは見せられないということか。

「ましな家の家賃が払えるだけのものは、草加でいただけるはずですから」

宗匠にはなんとなく、鯉弁の事情がわかっていたのか。父親が死んで、しばらくして深川の家から箱崎の裏長屋に引っ越した。実家からの分米を減らされたのがわかって、草加の出稽古を譲ってくれたのか。

宗匠はずっと気に掛けていてくれたのか。

「宗匠！」

礼の言葉を言おうと思ったが、そんな簡単なことじゃないだろう。言葉なんか出なかった。

「もういいから。早く行きなさい」

宗匠は横を向いて言った。

「私は忙しいんだから。おい、着替えて出掛けるよ」

そんなに元気なのに、何がよる年波だよ。


二年が過ぎた。

鯉弁は日本橋牡蠣殻町《かきがらちょう》に瀟洒《しょうしゃ》な家を借りている。

ちょっとした玄関があり、活花が活けられている。

鯉弁は噺家と狂歌師の二足の草鞋を履いている。

「まぁ、噺家だけじゃ食えねえんだ。しょうがねえよ」

噺家の師匠は言った。

寄席からのお呼びは増えて、噺家としての人気もそこそこだが、草加の豪農はじめ、宗匠に紹介されて行く江戸の旦那弟子からの祝儀がなければ、なかなか暮らしは立ち行かない。

というのも鯉弁は恭二郎とは縁を切った。

昔からいる女中が、恭二郎がお花と口も利かない、奥の一間に押し込めて、外にも出さないと、鯉弁に訴えて来た。

「みっともないから外に出るな」

恭二郎はお花に言ったそうだ。

鯉弁が店に行くと、また恭二郎は居留守を使った。

神田の叔父を連れて行くと、ようやく恭二郎は出て来た。

「私を離縁するとおっしゃるんですか」

恭二郎は言った。

「そんなことは言っていない。少し考えを改めていただきたいと言っている」

叔父が言ったら、恭二郎は鼻で笑った。

「私が店を相続することは親戚一同で決めたことでございましょう。いまさら、隠居の弁太郎さんにとやかく言われることではありません」

弁太郎さん。恭二郎から「弁太郎さん」呼ばわりされたのははじめてだった。まぁ、弁太郎が本当の名前なんだから、間違いではないのだが。

「弁太郎さんへの分米は店の収益に応じてお支払いしますがね、芸人が店の表からの出入りは控えていただきたいものですな」

どこの商家でも武家屋敷でも出稽古に行って、裏から入れと言われたことはない。

「お花を表に出さないそうじゃないか」

そんな話をどこで聞いてきた、という顔を恭二郎はした。

「お花には奥のことを仕切ってもらっておりますので、あれも忙しい。外に出る間がございません」

「みっともないから外に出るな、と言ったそうだが」

女中が聞いていたのか。連れて来られて、他のことも言い立てられたら面倒だ、と恭二郎は思ったのだろう。

「叔父さん、店の暖簾が第一ですよね」

と恭二郎は言った。

お花はこの家の娘だぞ。それが表に出て、暖簾に傷がつくとでも言うのか。一番心配していたことになった。何故、恭二郎を信用したのか。鯉弁も若かった。人を見る目がなかったと言えばそれまでだ。鯉弁が店を継いでいればよかったんだ。

「この家の主人は私ですから」

恭二郎が言った。

「離縁するとおっしゃるなら、お花に出て行ってもらう」

「おい、そんなことが許されると思うのか」

流石《さすが》に叔父が怒鳴った。

「叔父さん、親戚はあんただけじゃないんだよ。私を追い出したければ、親戚の総意でおっしゃいなさい。弁太郎さんも、今度来る時は、裏口から入るように」

人間金が絡むとこんなに変わるものなのか。

子供の頃、一緒に遊んでいた、あの恭二郎と同じ人間なんだろうか。

恭二郎は何人かの親戚に手をまわしていたようだ。「芸人になった弁太郎が分米の増額を要求して困っている」「暖簾を守るために自分は懸命にやっているのに、家付き娘のお花が店の商売にやたらと口を出し、取引が流れた」

ものの見方はいろいろだ。恭二郎から言わせれば、そういうことなのかもしれない。親戚の中には恭二郎を支持する者もいるらしい。鯉弁が寄席に出ているのを苦々しく思っている親戚もいるんだ。

「なんでしたら、弁太郎さん、分米を増やしますから、あの女も一緒にお連れくださっても結構ですよ」

とうとう、お花を「あの女」呼ばわりした。

「もういいよ。お前と話しても埒《らち》があかない。縁切りだ。二度とこの店の敷居はまたがないから」

「弁太郎、何を言うんだ」

叔父があわてた。

「お花とも相談して、私が引き取りますよ」

恭二郎はにたりと笑った。身代を手に入れた瞬間だった。

卑《いや》しい顔だ、と鯉弁は思った。そして、噺にこういう奴が出て来た時には、この顔だと覚えた。

「草加の出稽古の件ですが」

鯉一が鯉弁に言った。

宗匠の初七日のあと、新川の家に弟子一同が集まった。旦那弟子ではなく、宗匠から「鯉」の字をもらっている弟子たちで、宗匠からもらったわけではないが「鯉弁」を名乗っているからと、鯉弁も呼ばれた。

「草加の出稽古は、一門の者が交互に行うことにしました。とりあえずは私と鯉初さんが参りますので、次から鯉弁さんはご遠慮ください」

「ご遠慮とは」

「行かなくてよいということです」

「それは草加の嘉右衛門さんがおっしゃったのですか」

「嘉右衛門さんは関係ありません。宗匠のやって来た仕事を、一門で引き継いでゆこうということです」

なるほど、そういうことか。

宗匠が亡くなり、宗匠がやっていた仕事を弟子たちで奪い合っているわけか。

草加は高額の祝儀をもらっていることは鯉一も知っている。それを鯉弁には任せておけない。自分か、あるいは自分の息の掛かった者にやらせたいのだ。

「宗匠の仕事をきちんと繋《つな》いでゆくためです。ご理解ください」

鯉一は言って、頭を下げた。

「あと、鯉弁さん、上総屋さんと加賀屋さんの出稽古も、一門で行うことにしました」

上総屋は中の会の古い旦那弟子で、宗匠が出稽古に行っていたが、上総屋のほうから「鯉弁さんに」と言われて、宗匠の許しを得て、鯉弁が行くようになった。

「それは建前で。宗匠はお考えがあって、鯉弁さんに代役を任せただけです。宗匠が亡くなられた今、一門の相談で、お弟子を割り振ることにいたしました。これは一門の総意です」

鯉弁は、鯉初や鯉紺を見たが、ただ下を向いて何も言わなかった。

「加賀屋は私の幼馴染みで、先ごろ、私の弟子になった者ですが」

「鯉弁を名乗っているのでしたら、あなたの弟子は一門の弟子です。一門の総意に従えないなら、鯉弁を名乗るのをおよしなさい」

宗匠の葬式の日からだ。鯉一は「鯉弁さん」と呼ぶようになっていた。

中の会はじめ大きな仕事のほとんどを鯉一が引き継ぎ、鯉初と鯉紺がいくつかの贔屓《ひいき》を受け持った。

「いいですか、くれぐれも宗匠の名を汚さないように」

と言って、鯉一はちらっと鯉弁を見た。

「皆さん、精進してください」

さて、どうするよ。

草加の出稽古がなくなれば、収入は減る。

しばらくは倹約して、噺の高座を増やそう。

「これからは、あんたは噺家で頑張りなさい」

噺家として頑張る時期だから。まさか鯉弁のために亡くなったわけでもあるまい。

久しぶりに噺家の師匠の家を訪ねてみようと思った。

「いい所へ来た」

師匠の家に行ったら、

「お前、三月《みつき》ほど上州の温泉に行ってはくれないか」

いきなり上州へ行けとは、どういうことだ。まぁ、狂歌の出稽古はなくなった。寄席の出番はあるが、噺家仲間に代演は頼める。行って行かれないことはないのだが。

師匠の昔馴染みで伊香保《いかほ》という所の湯治場《とうじば》で旅籠《はたご》をやっている男がいる。江戸の者が大勢湯治に来ていて、毎日退屈している。江戸で噺が流行っているから、誰か噺家を寄越してくれないかと頼まれた。そこそこの祝儀はくれるという。

いまの鯉弁にそこそこの祝儀がもらえる三月の仕事はありがたい。

でも、ホントかね。そんな話が降って湧いたようにあるものなのか。

結構、師匠は地獄耳だ。宗匠が亡くなって、鯉弁と一門が揉めると面倒になるから、鯉弁を逃がしてしまおうと考えてのことではないか。師匠が伊香保の昔馴染みに頼んでくれたんだ。

まったく、師匠には恵まれた。

「参ります」

「そうかい。夕方に湯治客相手に一席やればいいだけだ。あとは、ほら、時間はたっぷりあるから、新しい噺をこしらえればいいよ」

「どこに行っていたんだよ」

伊香保から帰ってくるなり、加賀屋が家に訪ねて来た。

「どこに行っていた」って、伊香保に行くと家の者には言っていたし、帰る日も言っていた。だから、帰ったその日に加賀屋は来たんだ。まぁ、加賀屋が何を言いに来たかはわかっていた。

「私は破門だとよ」

加賀屋は言った。

「おやおや、破門ですか」

「笑い事じゃないよ。申の会には取引先もいて、破門の加賀屋さんとか言われて笑われた」

出稽古に来た鯉一が「一門で決まったことだ」と言って、教授料の金額を提示したそうだ。

加賀屋は大店だから。高額の祝儀をもらっているかと思ったが、鯉弁と加賀屋は幼馴染みだから、実は無料で教えていた。もちろん、加賀屋は相応の祝儀を包んだが、鯉弁が受け取らなかったのだ。

「その代わり、あなたは顔が広いから、大店の主人や隠居で狂歌に興味のありそうな人がいたら、申の会に誘っておくれよ」

加賀屋に誘われて、申の会に入った者もいた。

「一言文句を言ったらさ、加賀屋さんは一門の総意で破門と決まりました、と来たよ」

大店加賀屋が教授料をケチって破門とは「暖簾に傷がついた」と加賀屋は笑いながら言った。

こら、その場に居合わせたら、流石に鯉一とは揉めたろう。鯉弁を伊香保に行かせてくれた、やはり師匠には感謝だ。

湯治場では、昼間、湯治客に狂歌を教えた。

湯治客は金持ちばかりではなかった。

そんな人たちから、

「江戸に戻ったら、狂歌の講のようなものをやっていただけませんか」と言われた。

そうだよ。もっと皆が、気楽に狂歌を作れたらいいじゃないか。申の会の教授料は二朱だった。もっと安くてもいいだろう。敷居の低い、一般の人が来られる申の会があってもいいかもしれない。

それが宗匠の遺志を継ぐことじゃないのか。そして、そのきっかけをくれたのが噺家の師匠だ。

「加賀屋さん、ちょいと頼みがあるんだ」

「また、なんか厄介《やっかい》を押し付けるのか」

「そうだ」

「いけしゃあしゃあと、昔の恩を嵩《かさ》にきやがって」

そうだった。加賀屋を餓鬼大将から庇《かば》ってやったんだ。

「まぁまぁ。中の会を破門になったんだろう。別の場所で私が中の会をやるから、お前さん勧進元になってくれよ」

しばらくして、草加の嘉右衛門の使いが来た。

「主人が言われますに、鯉弁さんに草加に来ていただきたいと」

「そう言われても。私も鯉一さんとは揉めたくないのでね」

「いや、ぜんぜん違うんです。教え方が。私らは田舎者ですからね、楽しく狂歌が作れればいいんです。鯉一師匠は、あれは駄目、これは駄目、狂歌とはそういうものじゃないとうるさくて」

「そういう教え方もありますからね」

「とにかく、このままでは皆、辞めてしまいます。主人も困っていますので、一度草加にお越しください」

五月の頭、陽気もいいので、鯉弁は草加に出掛けた。

嘉右衛門は何も言わずにもてなしてくれた。

そして、帰り際に一言言った。

「私たちは鯉弁さんに来ていただきたい」

「わかりました」

鯉弁もそう答えた。

鯉一の教え方も間違ってはいないのだろう。だけど、客によって違うんだ。

芝の寄席ではじめて高座に出た時、身をもってそれがわかった。

鯉弁は宗匠の教え方を真似ているだけだが、それが草加には合っているんだ。

奥州街道をぶらぶら歩いて帰った。

宗匠とはじめて草加に来た時も、かなりゆっくり歩いて帰った。

今日は千住にでも泊まって帰ろうか。

そう言えば、恭二郎に、「千住に行こう」と誘ったんだ。結局行かなかった。

あと千住と言えば、おもしろいおばさんがいたな。

おばさんと言ったら失礼だが、遊女屋の遣り手は「おばさん」と言うんだ。元吉原の花魁だったった。名前はおひろさんと言ったっけ。どこの店のおばさんだったか。

誰かに聞けばわかるんだろうが、そうまですることはない。

もし千住を通り抜けるまでに遇ったら、おひろさんの店に上がろう。会わなかったら、またいつか遇える時でいい。

当分、私は噺家と狂歌師の二足の草鞋だ。それもいいかもしれない。宗匠と師匠の意志を継がないとならない。

畑のむこうに、鯉のぼりが翻っていた。

「おい、お前さんも宗匠のお弟子かい」

鯉弁は鯉のぼりにむかってつぶやいた。

茄子《なす》娘

「で、お前、名前はなんていったかね」

あさが新しく吉原から住み替えて来た女に聞いた。

「紫《むらさき》」

女が答えた。

「紫？ 紫って、色の紫かい？」

あさがいぶかしげに聞いた。

「だから、それは吉原の名前だろう。ホントの名前はなんていうんだい？」

おばさんのおひろが口をはさんだ。

「ホントの名前を言わなくちゃいけないんですか」

紫が言った。

「いや、あんたの名前は証文に書いてあるから、別に聞かなくてもわかるけれどさ」

おひろが言った。

「女将さんに聞かれたんだ。素直に名前を言えばいいんだよ」

「だから、紫です」

「紫は吉原の名前だよ」

吉原では遊女は源氏名を名乗る。高尾太夫とか、喜瀬川とか、浦里とか。おひろもかつて吉原で遊女をやっていたから、そんなことは知っている。おひろは吉原では薄墨だった。

千住をはじめ四宿では源氏名は使わない。お染、お杉、お熊といった普通の名前で呼ばれる。もっともそれが本名とは限らない。ホントの名前っぽい偽の名前かも知れないけれど。普通の名前の女と擬似恋愛を楽しむのが四宿の遊びなのだろう。

「おえい、かい」

あさが証文を見て言った。

「紫です。紫じゃいけませんか」

「いや、いけなかないけれどさ」

あさがおひろを見た。

「わかったよ。じゃ、お前は紫でいいよ」

なんなんだろうね。吉原にいたという自尊心のようなものか。

おひろにはそんな気持ちはなかった。吉原も千住も、たいして違いはない。どっちも遊女屋で、やることは同じだ。むしろ、薄墨なんていう衣が脱げて、すっきりした、というのがあの頃の本心だったと思う。

でも、紫は違うらしい。

もしかしたら。吉原で言い交わした男がいた。その男がご無沙汰で、別れを言う前に千住に住み替えになって、もしかしたら、紫を捜して訪ねて来るかもしれない。その時に「紫」でないとわからないから、「紫」を名乗っていたいのか。

安心おしよ。多分、男は訪ねて来ない。

しばらく来なかったのは、別の女と所帯を持ったか、もしかしたら病にかかって死んでしまったのかもしれない。

訪ねて来ないよ。

そう言ってやりたかったが、訪ねて来るかもしれない、そう思っていないと勤めが辛いだけかもしれない。なら、気が済むまで「紫」でいいじゃないか。

紫は薄紫の着物に紫の帯を締めていた。

よほど紫が好きなんだね。

あらま。なんだろうねえ。紫の着物の裾に、茄子《なす》の絵が描いてあった。どこまでも紫なんだね。

「茄子？」

遊女のお民《たみ》が聞いた。紫は答えない。

「茄子が好きなのかい？」

「別に」

紫は答えても一言だ。

「あんた、名前は？」

「紫」

「紫、変な名前」

お民は若くして伊勢屋に売られた遊女だから、他の世界をあまり知らない。

「あたしはお民ってえんだ。そっちは、お福《ふく》さんで、こっちはお六《ろく》ちゃん」

「……」

紫は無言だった。

「ねえ、紫ちゃん……」

とお民は言い掛けて、

「あー、もう、紫って言い難《にく》い。おむらちゃんでいいかい？」

「おむらなんて呼ばないで。私は紫」

紫は怒って言った。

「でもさぁ、呼び難《にく》いんだよ。おむらでいいよね」

「おむらは嫌!」

紫は強く言った。

「じゃ、おむらは止《や》めて、おなすはどうだい?」

年輩の遊女のお福が声を掛けた。

「おなす? そんなおかしな名前……」

お六が笑った。

「だって、着物に茄子が描いてあるじゃない。よほど好きなんだろう。おなすでいいよね」

お福が意地悪そうに言った。

「私は紫」

紫が言うのを、

「私はおなすと呼ばせていただきます」とお福は力強く言った。

「じゃ、私はおむら」

とお民。

「私は……、私はなんて呼んだらいいの？」

若いお六は、二人の姉女郎に囲まれて困惑した。

「おむらにしようよ。おなすよりは可愛いから」

お民が言った。

「茄子は縁起がいいんだよ。初夢にも出て来るだろう。一富士、二鷹、三茄子《なすび》って」

お福が言った。

「えーっ、茄子の夢なんてみたことないです」とお六が言った。

紫はどうでもいいよ、という顔をして横を向いた。

梅雨《つゆ》の頃は、千住もお客が激減する。

なかなか雨の中、千住まで遊女買いに来ようという客も少ない。

雨が続くと、外仕事の職人なんかは稼ぎも減り、遊女買いどころではなくなるというのもある。

客の絶対数が少ないから、普段は忙しく廻しをとるような女でも、お茶を挽くこともあったりする。

そんな時は誰かの部屋で、お茶を飲みながら馬鹿話をするしかない。

「男にもさ、上中下《じょうちゅうげ》があると思うんだ」

お福が言った。

「上中下？　鰻《うなぎ》みたい」

お民が笑った。

「鰻は松竹梅じゃないの？」

お六が言った。

「上中下の店もあるのよ」

「それを言うなら上中並じゃない」

女の世間話はとりとめない。

「で、男の上中下の上《じょう》はどんなのよ？」

「金離れがいい」

「なるほど」

「金持っていても、金離れがよくなくちゃ駄目だよ。でも、堅気《かたぎ》の女だったら、金持ってて金離れのよくない男のほうがいいのさ」

「ケチな男のほうがいいってこと？」

「金離れのいい男は浮気者だからね」

なるほど。堅気だったら、浮気をしない男のほうがいいってことか。

いや、女なら誰だって、浮気する男は勘弁して欲しい。浮気相手に情が移れば、いつ自分が御用済みにされるかもしれない。

「中はどんな男？」

「中は金は関係ない。男っぷりがよくて、私たちを楽しませてくれる男だね」

世間ではモテる男の基準を、

「一見栄、二漢《おとこ》、三金、四芸」なんていう。一見栄とは顔、二漢は男気のことだ。

遊女の世界では、「一金、二見栄」で、あとはどうでもいい。

「世の中にはさ、上でも駄目な男もいれば、中でも、思わぬ掘り出し物はいるってことよ」

お福が言った。

お福の経験では、中の男に、意外と優しい男が多い。

金を持っていなくて、いい男で、優しい。それは典型的な、女から金を引っ張ろうという男じゃないか。

お福もいろいろ苦労をしているんだ。

「世間には、女に金を貢がせて、その金を別の女に貢いでいる男もいるって話だよ」

お民が笑いながら言った。

「中の男は要注意よね。いい男はやはりモテるからさ。モテると男は浮気したがるもんじゃないの」

お六が言った。

「おむらちゃんはどうだい」

お民が紫に聞いた。

「どうだいって何が？」

紫も、名前なんてどうでもいいのか、この頃は「おむら」と呼ばれても返事をするようになった。流石《さすが》に「おなす」と呼ばれると聞こえないふりをする。

「吉原にいたんだろう。いい男の客もいたんじゃないの？」

いい男の客？

あの男はお福の言う分け方なら、上の男だった。金離れはよかった。苦味走ったいい男だった。年齢は二六歳で大工の棟梁《とうりゆう》、外仕事だから色が黒いが、そこが漢らしさを感じさせる。名前は中助《ちゅうすけ》。

そんな若さで大工の棟梁なのは父親が棟梁で跡を継いだわけで、当人は鋸《のこぎり》も金槌《かなづち》も手にしたことはない。おそらく棚も吊れないだろう。現場は父親の一番弟子だった巳之吉《みのきち》が仕切っていた。

中助の父親は大名屋敷に出入りしていて、職人も百人くらい抱えていた。若い棟梁の中助では、たちゆかない。番頭役の巳之吉を頼りにしていたし、巳之吉も中助を棟梁に立てることで、一家の金と人事、つまりは実権を握ることになった。二人は関係を固いものにしようと考えて、中助は巳之吉の娘のすやを娶《めと》った。

ある日、中助は、紫の前に両手をついて頭を下げた。

「しばらくお前に逢いには来られなくなった」

女房のすやが焼餅を妬く。「亭主が吉原に通っている」と父親の巳之吉に泣きついた。巳之吉は娘が可愛いから、中助に小言を言った。「棟梁としての自覚を持つまで、吉原通いはお控えなさい」と。

「俺が一人前の大工になるまで、辛抱してくれ」

一人前の大工になったら、女房に三下り半書いて、私を身請けしてくれるのか。違うだろう。女房に首根っこ押さえられて、三下り半なんか書けやしまい。第一、「棟梁、棟梁」と呼ばれて現場を見て歩くだけで、一人前の大工になんかなれやしまい。

「お福さんの言う通りだね。上でも駄目はいるね」

「いるんだよ。上でも駄目な男はさ」

「でも……」

と言って、紫は言葉を詰まらせた。

駄目な男とわかっていながら、好きになっちゃうこともあるんだ。

梅雨が明けてすぐに、浅草の海苔《のり》屋の旦那で、播磨屋光太郎《はりまやこうたろう》が紫の客になった。すぐに裏を返して、馴染《なじ》みになり、三日に一度くらい通って来る。太っていて脂《あぶら》ぎっている中年男だが、金離れはよくて、独《ひと》り身だ。

「これは間違いなく、上の客だ」

お福は言った。

「おばさん、ちょいと話がある」

おひろが光太郎に呼ばれた。

「私はね、年甲斐もなく、紫に惚れちまったんだよ」

「それはようがした。紫も旦那のようなお方にそう言っていただけたら、どんなに嬉しいことか」

「それでだ。なんと言うか……、紫を身請けしたいと思うんだ」

それは紫も喜ぶだろう。相手は浅草で人に知られた海苔屋だよ。その旦那のお妾《めかけ》になれば、一生左団扇《ひだりうちわ》だ。待てよ。光太郎は独り身だよ。えっ？　紫を身請けして、播磨屋の内儀にしようっていうのか。

「では、すぐに、旦那と話していただけますか」

紫にとっても玉の輿《こし》だ。傳右衛門やあさも喜ぶに違いない。

「すぐに金は用意するが」

何か問題があるのか。

「紫がうんと言わないんだよ」

どういうことだ？

「えっ、紫がですか。なんだって、そんな……」

「私にも理由はわからない」

光太郎は寂しそうな顔をした。

「おばさんから、ひとつ、紫に頼んでみてはくれないか。なんとか承知をしてもらえるように」

「それはもちろん、話はしますよ」

「私は今年四二の厄年《やくどし》でね。あと十年くらいは生きるとして、残りの人生、紫と一緒に過ごしたいと思った。というのも、実は、私は二〇歳《はたち》の時に一度嫁をもらっているんだが、すぐに死別したんだ」

あらま。それはお気の毒に。

「以来独り身でね」

「亡くなられた奥様が忘れられなかった？」

おひろが言ったら、光太郎はうつむいて「へへへ」と笑った。

「紫に遇《あ》った時、びっくりしたんだ。死んだ女房に似ていてね」

えっ、それならもしかして。

「紫は亡くなった奥様の生まれ替わりかもしれませんよ」

おひろはたまに、こういうことを適当に言う。

紫は二三歳。光太郎の女房が死んだのは二十二年前だ。生まれ替わりなわけはない。

「わかりました。紫には私が話をいたします。喜んで、播磨屋さんのところに参るはずです。ですから、身請けをして、奥様の生まれ替わりみたいなもんだと思って、可愛いがってあげてください」

「あんまり好きじゃないんです。播磨屋さん」

おひろが播磨屋の身請け話をしたら、紫は言った。

光太郎は太っていて、相応に脂ぎってはいるのだが、

「金はあるんだし。悪い話ではないと思うよ」

「お金があれば誰でもいいんですか」

そういうわけではない。だが、お金がなければ身請けは出来ない。お金がない好きな男と添おうと思ったら、年季が明けるまで待たなきゃならない。その間、他の男にも抱かれなきゃならないし、男の気持ちだって変わるんだ。

おひろも遊女だったから、そういう道を通って来てるんだ。

その上で言ってるんだ。

「お前、もしかしたら、吉原で惚れていた男がいたのかい？」

「いませんよ」

と紫は答えたが、ちょっとおひろから目をそらせた。

いるんだ。

そうか。お福やお民が言っていた。どっかの大工の棟梁か。

女房がいるのに「待ってくれ」と言った男を、待つ馬鹿はいないよ。

よしんば男が女房と夫婦別れして、お前を迎えに来たら、お前のためにその女房は不幸になるんだよ。その女房の不幸を背負っても、その男と一緒にいたいという覚悟があるんなら、それもいいけれどね。


「おむら……紫、お前、そんな話を断わる道理はないだろう」

おひろは播磨屋から身請けの話があったことをあさに報告した。

あさはすぐに紫を部屋に呼んで、身請けを受けるよう話しはじめた。

「親の意見と茄子《なすび》の花は千に一つの狂いなし、って諺《ことわざ》があるだろう」

あさは一体何の話をはじめたんだ。茄子がどうしたんだ。おそらく、紫の着物の茄子の裾模様を見て、思いつきで話しはじめているのだろう。

「私たちはね、親も一緒だよ。親の言うことを聞けば、間違いはないんだ」

傳右衛門やあさの言うことを聞いたって、間違うことはある。ただ、この女将は女たちの将来のことは考えてくれているんだ。なるべく女たちが不幸にならないように。なるべくなんだよ。自分たちが損をしないで、女たちが不幸にならないことをいつも考えている。

だから、金を持っている、ちゃんとした商人の播磨屋が身請けをしてくれる。それは紫にとって何よりのことだから、強く言うんだ。

「お前が嫌だって言っても、私たちが証文を播磨屋さんに渡しちまったっていいんだよ」

あさは中っ腹になった。

「女将さん」

おひろがなだめた。

「そんなことは言いなさんな。これは紫の一生のことだから」

「お前はそういうけれどさ」

「紫、私は、播磨屋の旦那は、お前を大事にしてくれると思うよ」

おひろが紫に言った。

「顔と一緒になるんじゃない。五年先、十年先、お前の気持ちが安らかでいられるかどうか」

「そんな先のこと、考えたこと、ありませんよ」

紫はおひろに吐き捨てるように言った。

おひろだって考えたことはない。十年前、まさか自分が千住の遊女屋でおばさんになっているなんて、思ってもみなかったさ。

でも、先のことを考えられるのは、幸福なんじゃないか。

遊女をやっていたら、先のことなんて考えたくない。年季が明けて、誰かと所帯が持てればいいが、たいていは、どっかの宿場に住み替えて、そのあとは地獄で客をとるか、夜鷹になるか。いや、そうなる前に、病気で死んじゃうか。

いいことなんてないから考えない。播磨屋に身請けされれば、先のことが考えられる。先のことを考えても悲しくはならないんだよ。

紫は身請け話を渋っていたが、結局承知したのは、朋輩《ほうばい》たちの言うことをきいてのようだ。

「そら、播磨屋さんなら上の男だよ」とお福が言い、

「金に困らなくて、大事にされるって、何が不満なのさ」とお民が言った。

そして、

「播磨屋さんに身請けされたら、毎朝ご飯に海苔がつくんだろう」

お六が言った。そら、売るほど海苔はあるんだ。

ご飯に海苔が毎日。案外ものごとを決めるのは、こんなことなのかもしれない。


ところが、播磨屋に使いを出したものの「すぐに参ります」と言って、三日経っても光太郎は来なかった。

「佐七《さしち》さん、浅草の播磨屋さんに行って、ちょっと様子を見てきておくれ」

何か虫が知らせた。

佐七という若い衆が最近入った。手が空いてそうなのは新米の佐七だけだから、使いに行ってもらった。

「亡くなられていました」

佐七が帰ってきて言った。

「亡くなられていましたって、どういうことだい」

「さぁ、わかりません」

「わかりませんってなんだよ」

おひろが珍しく怒鳴《どな》り声を上げた。

佐七が播磨屋へ行ったら、葬式の最中で、帰ろうとしている弔問客に「誰の葬式か」と聞いたら「ご主人」と答えたそうだ。

「おひろさん、佐七を責めちゃ可哀想だ」

おひろの怒鳴り声を聞いて、和助が飛んで来た。

「まだ右も左もわかんねえんだから。あっしが行って来ますよ」

こういうことは最初《はな》から和助に任せればよかったんだ。

和助が戻って来た。

光太郎は昨日、急に倒れて死んだ。どうやら卒中《そっちゅう》らしかった。

卒中？　そんなのってあるか。あと十年くらいは生きるって言っていたろう。

光太郎は嘘つきだ。

「いや、これはおひろさんの耳にだけ入れとこうと思うんですがね」

「なんだよ」

「播磨屋の主人が倒れる時にね、二十年前に死んだ女房の名前を呼んで死んだって」

えっ？　じゃ、何かい。死んだ女房が呼んだのかい？

紫を身請けするというのを、焼餅妬いて、光太郎を連れて行っちまったとでも言うのかい？

「お前、それ誰に聞いた？」

「前の煙草屋で。上等な国分《こくぶ》を買って聞いてきました」

おひろは和助に口止めをした。

しかし、噂はすぐ広まった。

煙草屋の親父は、上等の国分を買う客には、聞かれなくても光太郎が女房の幽霊に取り殺されたかもしれないという話をした。そして、播磨屋の奉公人たちは「旦那が千住の遊女、紫を身請けしようとしていた」と、床屋や風呂屋で話をした。

紫を身請けする矢先に、二十年前に死んだ女房の名を叫んで、光太郎は卒中で死んだ。幽霊の嫉妬で殺されたんだよ、間違いない。二十年前っていうのが、間が空き過ぎだけれどさ。いや、女は執念深いんだ。光太郎が今まで後添えをもらわなかったのも、なんかその兆候があったからかもしれない。

こんな噂が広まっては、伊勢屋の客は減る。傳右衛門は当分しかめ面のままだ。傳右衛門はすぐにでも、紫を住み替えさせるだろう。板橋か新宿か品川で引き取ってくれる店があればいいが、なければ、ホントに噂話の届かない、どっか遠くの宿場に住み替えるしかない。

おひろはよかれと思って口を利いたが、まさか二十年前に死んだ女房の幽霊が、いまさら出て来るとは思ってもみなかった。


「でもちょっとホッとしてます」

紫は言った。

「えっ?」

おひろはその言い方にちょっと驚いた。

「播磨屋さんの内儀さんは、播磨屋さんが別の女を内儀さんにするのが許せなかったんですよね」

そうなのかもしれないけれど。

「もし私が身請けされて、播磨屋さんの家に入ったら、私が取り殺されていたのかもしれませんよね」

「そんなことはない」

おひろは言った。

「播磨屋さんは卒中で死んだんだよ。太っていたからね」

太っていると卒中になりやすいと聞いたことがある。違うかもしれないが、なんとなく太っている人は卒中になるんじゃないかと思う。

「卒中だよ。幽霊なんていないんだ」

おひろは言ったが、内心ではおひろもホッとしていたところがなくはなかった。もしも紫が死んでいたら、しばらくは飯が喉《のど》を通らなかったかもしれない。

ところが、世の中はわからない。

幽霊が焼餅を妬く女ってえのは、どのくらいいい女なのか、一目見たいものだと、男たちが詰め掛けた。

どういうことだ？

おひろは驚いた。

幽霊に関わりのある女だ。怖くないのか？

案外、江戸っ子は怖いもの見たさ、というのがあるらしい。

自分が幽霊に取り殺されるのは御免だが、ちょっと距離を置けば、怖さが楽しさになる。江戸の寄席では「怪談噺《ばなし》」というのも流行《はや》っている。

「だって、紫は幽霊とは関係ないだろう」

そら、関係ないけれどさ。

「播磨屋は死んだ女房の幽霊に殺されたんだ。大丈夫、俺の女房はまだ生きている」

いや、普通に女房に絞め殺されるだろう。

「俺は独り身だ。今までに女房もいなかったから。何も問題はない」

確かに。独り身なら問題はないね。

「紫が忙しいなら、他の女でもいい」と来る客もいた。伊勢屋の客が増え、傳右衛門のしかめ面がいつの間にか恵比寿顔になっていた。

秋風が吹く頃には、幽霊騒ぎも少しは収まった。

どうやら幽霊がモテるのは夏場だけのようだ。

それでも、紫には新しい客がずいぶんと増えた。

「紫って女がいるのはこの店か」

供を二人連れた職人風の若い男がやって来た。

「へえ。左様でございます」

今頃、幽霊騒ぎの噂を聞いて来たのか、と善助は思った。

「じゃ、俺はその紫って女にしよう」

職人風の若い男が言った。

「お前らも好きな女を選べ」

おやおや、ずいぶんと羽振りのいい旦那だね。

「若い者に遊びを教えてやるのも棟梁の仕事のうちだ」

「お若いのに棟梁でいらっしゃるんで」

「親父が棟梁で跡を継いだんだが、職人は腕があればおまんまが食える、気楽な稼業に見えるがな、棟梁ともなると、あちこちに気苦労が絶えない」

「左様で」

「こいつらを出汁《だし》に、俺も、ちょっとだけ命の洗濯をさせてもらうぜ」

親の跡を継いで棟梁になって、女郎買いに来て、「それも仕事のうち」とほざく奴にどんな気苦労があるというのだ、と善助は思ったが、そんな心のうちは微《み》塵《じん》も顔には出さない。

「へえへえ、是非ともご愉快に、命の洗濯をなさってください」

若い棟梁は、それからも度々伊勢屋を訪れた。

いつも違う供を連れていたが、棟梁のお見立ては決まって、紫だった。

棟梁は紫が吉原で馴染みだった中助だった。

「お前の噂を聞いたんだ。いてもたってもいられず、駆けつけた」

中助は言った。

紫も喜んだ。

「お内儀さんはいいのかい？」

光太郎が女房の焼餅で殺されたんだ。とっくの昔に死んだ女だって焼餅を妬くんだ。中助の女房は大丈夫なのかと不安になった。以前に中助の吉原通いを止めさせた女房だよ。

「心配いらねえ。俺も一人前の大工だ。女房に四の五のは言わせねえ」

あれから二年くらいしか経っていないのに。もう一人前になったんだ。人間、やる気になれば出来るんだ。凄《すご》いと、紫は思った。

「ついては、紫、お前を身請けしたいと思うんだ」

「本気かい」

「本気だとも」

「お内儀さんはどうするんだい」

「女房はしょうがない」

「しょうがないって」

「立場上、しばらくは三下り半ってわけにはいかねえんだ」

「どうするんだい」

「お前にはしかるべきところに家を一軒持たせてやる。俺がそこへ通うから」

つまり妾ということか。

妾が悪いわけではない。

金と地位がある男が妾を持っても当然な時代なんだ。

家一軒建てると言っているんだから、女房も承知なんだろう。一人前の大工になって、女房も文句は言えなくなったんだ。なら、いいじゃないか。

「そら、よかったね」

あさは喜んだ。

「お金さえ持って来ていただければ、明日にでも証文はお渡しいたしますよ」

「金は月末には持ってきます」

中助は言った。

「家を建てるのに時間は掛かるが、いつまでもこちらに置いておくわけにはゆきませんので、どこかとりあえず借家を用意します」

「月末にお金を持って来ていただけるなら、ようがす。紫は明日から店には出しません」

「そうしていただけるのは、ありがたい」

せっかく、幽霊騒動で人気の紫だが。

あさはやはり、そのあたりは人情の機微《きび》がわかる。わずかな金のことで、紫を店に出して、身請けをしてくれようという中助に臍《へそ》を曲げられたら困るんだ。

だが、おひろはちょっと心配だった。

一度は女房に泣かれて、紫を捨てたんだよ、この人は。

「和助ちゃん」

おひろは和助にそっと声を掛けた。

「なんですか、気持ちが悪い」

「お前、中助棟梁のことを、ちょいと調べて来ちゃくれないか」

「調べて、どうするんです」

「どうもしないよ。調べるだけ。私がどうにか出来ることじゃない。決めるのは、女将さんだから」

「和助はどうした、和助は！」

善助が怒鳴った。

「おひろさんの使いで出掛けました」

佐七が答えた。

「お前じゃ使えねえんだよ。和助を呼んで来い」

善助はこのところ、仕事を和助に押し付けて、自分は祝儀をくれるお客のご機嫌うかがいに忙しかった。和助がいなければ、善助が面倒な仕事をやらなきゃならない。

他の若い衆の茂蔵《しげぞう》や赤兵衛は善助の顔を見ると逃げてしまう。

「佐七、お前、早く一人前の若い衆になりなよ」

善助が優しい声で言った。

佐七に期待しているんじゃない。仕事を覚えてもらわないと、善助が困った。

「こら、紫さんは苦労しますよ」

和助があさとおひろに報告した。

「お前ね、身請けに水差すこと言うんじゃないよ」

あさが言ったので、

「へい、すみません」と和助は謝った。

あさは中っ腹になり、なんで和助を調べに行かせたんだ、という目でおひろを睨んだ。

聞かないで知らないふりをして身請け話をすすめてもいいんだが、やはり、紫が「苦労する」と聞いては、あさは放ってはおけなかった。

それよりも中助の身のまわりがどうなっているのかという好奇心が勝り、和助の話が聞きたかった。

「いいから、とっととお話し」

あさが言った。

中助は、京橋の大工の棟梁。父親の跡目を継いだ。だが、実務を仕切るのは父親の一番弟子だった巳之吉で、中助の女房のすやは巳之吉の娘だ。

ここまではすでにわかっていることだ。

中助はいい男だから、もともと女出入りは激しかった。何人かの素人女《しろうと》とも関係があったが、巳之吉が金で黙らせた。

中助がある女のところを訪ねたら、戸を閉めて入れてくれない。

「おい、中に入れてくれよ」

「棟梁、ごめんね。巳之吉棟梁からお金をもらっちゃったんだよ。だから、もう棟梁とは会えない」

戸の内で女は泣いた。

「巳之さん、どういうことだ。勝手に女に手切れ金を渡すなんて。そんなことは私は頼んでいないだろう」

中助は巳之吉のところへ怒鳴り込んだ。

「若棟梁、あんた、うちの娘を泣かす気か」

そうだった。女房のすやは巳之吉の娘だった。

「すまねえ、巳之さん」

中助は巳之吉に懇々《こんこん》と意見をされた。

娘連中が相手だと「おかみさんと別れて、私を後添えにして」とか言ってしまうから、すやが怒る。年増相手なら、すやも文句は言うまいと、中助は思った。町内の稽古屋の師匠で乙な年増がいたんで、そこの家に入り浸っていた。

三日ほど、師匠の家にいて帰ったら。すやが激怒した。巳之吉に言って「夫婦別れ」と言い出した。巳之吉との関係が崩れたら、棟梁ではいられなくなるかもしれない。二番弟子だった半太郎《はんたろう》は巳之吉と仲が悪い。「鋸も引けない野郎が、なんで棟梁なんだ」と陰で言っているらしい。

中助はすやに、若い職人のいる前で、土下座をして謝った。棟梁の権威も何もない。巳之吉の助けがなければ何も出来ないのだ。

「月に二度、若い者を千住か板橋に連れて行ってやってください」

巳之吉が言った。

「ご府内離れて、女郎を買うのは許しましょう。そのくらいなら、娘には辛抱させます」

巳之吉も中助の浮気は病だと思った。それなら、娘の目の届かないところで遊ばせておけばよかろう。若い者を供につけて、女にのめり込まないよう見張らせればいい。

中助は月に二、三度、板橋に若い者を連れて通った。

そんな時に、千住の紫の噂を聞いた。

もしや、吉原でわりない仲だった、あの紫が千住に住み替えているのか。

千住に行って、紫に逢った。

もう紫しか目に入らなくなっていた。

身請けをしたい。しかし、そんなことを巳之吉やすやが許すわけはない。

どうしたらいい。

中助は巳之吉に内緒で、半太郎に会った。

半太郎の神輿に担がれてもいい、と言って、中助は半太郎から身請けの金を引き出した。

「お前、どうやってそれを調べて来たんだい」

あさが感心した。

「普通に遊ぶ金なら、棟梁は不自由はしないでしょうが、身請けとなれば話は別です」

和助は言った。

「身請けの金の出どころはどこだろうと考えて。巳之吉棟梁と対立しているのは誰だろう。半太郎棟梁だってんで、半太郎棟梁の弟子に一杯飲ませて、聞き出してきましたよ」

まったく、和助という男は商売を誤った。

「どうします、女将さん」

おひろが聞いた。

紫は面倒の渦中に飛び込むことになる。

巳之吉と半太郎の権力争いで、半太郎が勝てばいいが、半太郎が負けたらどうなるんだろう。中助は腕一本でやっていける職人じゃない。また女房に土下座して、巳之吉に助けてもらうのか。そうなったら、紫はどうなるんだい？

「でもまぁ、なんだよね」

あさが言った。

「紫が苦労してでも中助と一緒になりたいと言うのなら、止めるわけにはいかないよね」

神無月《かんなづき》の頭に、中助は紫を身請けした。

紫は本名のおえいになった。

とりあえず、茅場町の長屋を借りて住んだ。

千住にはとくに、おえいの噂話は聞こえてこなかった。

巳之吉と半太郎の対立も沈静化したらしい。すやが中助の妾に何かしたという噂も聞かなかった。

案外、とりこし苦労だったのかもしれない。

冬になり、歳が明けて、また千住は忙しくなり、初午《はつうま》を過ぎると少し暇になり、桜が咲く頃には忙しくなり、嫌な梅雨が過ぎて夏になり、そして秋風が吹く頃になった。

「そう言えば、前に幽霊騒ぎに巻き込まれた女がいたろう」

そんな話をしたのは人形町に住む大工の客だった。

「紫さんですか」

おひろが答えた。

その日は客がたてこんだ。敵娼が廻しをとっている間のつなぎで、おひろが大工の酒の相手をしていた。

「紫っていうのか。あの女はどうしたい」

「とっくに身請けされましたよ」

「そうかい。それは残念だな。会ってみたかった。因縁《いんねん》深い女なんだろう？」

「どうでしょうか」

「俺はそういう怖い話が好きでさ。怪談噺もよく聞くんだ」

「噺とホントは違いますよ。幽霊なんて嘘話です」

「幽霊は嘘話かい？」

「ええ。紫さんを身請けしようとした旦那が卒中で死んだのを、先のおかみさんが取り殺したなんて言った人がいたから。ちょっと騒ぎになっただけです」

「じゃ、幽霊じゃないのかい」

「幽霊なんていやしませんよ。第一、お客さん、幽霊を見たことがあるんですか」

「俺は見てないけれどよ」

大工は、ちょっと考えてから口を開いた。

「同業の棟梁の妾なんだがな。幽霊に取り殺されたんだ」

「まさか。そんな話が」

「嘘じゃねえ。つい先日のことで、俺も棟梁を知らねえわけじゃないから、妾の葬式にも行ってよ。もう町内中の噂だったぜ」

「信じられませんよ、そんな話は」

「茅場町じゃ、皆、知っているぜ」

「茅場町？　棟梁の妾？」

「確か、おえいさんとか言ったっけ」

おえい？　おえいってえのは紫の本名じゃないか。

紫が死んだ？　どういうことだろう。

しかも幽霊に取り殺された？

中助の女房に刺し殺されたとでもいうのなら、わかるが。

中助の女房が先に死んだとか。そんな話は聞いていないし。

誰の幽霊がおえいを殺したんだよ。

また和助に調べに行ってもらおうか。

いやいや、身請けされて、おえいはもう伊勢屋には関係ない女だ。

「和助、茅場町へ行っといで」

おひろがあさにその話をしたら。

あさは好奇心に負けたようだ。

おひろがあさに、大工の話をしたのも、あさなら和助を調べに行かせるかもしれないと思ったからだ。

和助は楽しそうに飛んで行った。

「まぁ、この頃は佐七も少しは使えるから、ようがすよ」

善助が言った。可哀想なのは、仕事を押し付けられる佐七だが、何、これも修業なんだよ。

「なんとも摩訶《まか》不思議な話でございます」

和助が言った。

「前口上はいいから、早くお話しよ」

今回は、あさとおひろの他、紫と仲がよかった……、仲がよかったんだろうか。「おむら」とか「おなす」と呼んでいたんだ。仲がいいわけではないのかもしれないが、朋輩のお福、お民、お六も、あさの部屋で和助の話を聞いた。

「中助棟梁は、おかみさんには紫さんを身請けして囲ったことは内緒にしていたようです」

そらそうだろう。近所の稽古屋の師匠とわりない仲になったことを怒って亭主を土下座させた女だ。昔、吉原で馴染みだった女を身請けして妾にしたなんて知れたら、刃傷沙汰《にんじょうざた》になりかねない。

問題は女房の怒りの方向が、浮気をした亭主に行くか、相手の女に行くのか。今までは亭主に行っていたが、おえいは一度は別れさせたはずの女で、しかも今度は妾にまでしている。元吉原にいた女というのも、亭主をたぶらかした女と映るんだろう。そうなりゃ、自分で手を下さないまでも、巳之吉に献身的な若い者もいる。そんな奴らが、すやのためにとなんかしないとも限らない。

中助もそう思ったから、おえいを隠していたんだろう。

でもまぁ、中助のまわりには、大勢の職人だっているんだ。誰かがご注進するに決まっている。

「歳が明けて早々に、紫さんは懐妊したそうです」

「それはよかった」と言っていいのか、おひろもあさも女たちも口を噤《つぐ》んだ。

流石に隠しておけないから。中助は巳之吉に打ち明けた。巳之吉からすやに伝えた。すやは怒るかと思えば、意外と冷静だった。

いつかはこうなると思っていたのかもしれない。

「妾はその女一人、以後、他の女には手を出さない。その約束なら、認めてあげてもいい」

すやは巳之吉と中助に言った。

たぶん、中助は人の見ていないところで、すやの前で褌《ふんどし》一つで土下座をして謝ったのだろう。

生まれてくる子も中助の子だから、中助に万が一のことがあれば財産はいくらかは分けてやるが、跡継ぎにはさせない。跡継ぎはすやが産んだ子供、という条件も、中助とおえいは呑んだ。

すやは治まった。

ところが、おえいのほうに異変が起こった。

「物《もの》の怪《け》に憑かれた」

おえいが言いはじめた。

「なんだかは他の誰にもわからないそうです。祈禱師《きとうし》も呼んだんですが、何も憑いてはいないと言う。でも、紫さんはどんどん瘦《や》せ細って。とうとう寝込んじまいましてね」

中助はいろんな神社のお札をもらって来たし、別の祈禱師にも頼んでみたが、祈禱師は首をかしげるだけだった。

「すやが丑《うし》の刻詣りをしていたとかいう噂もあったようですが、噂でしかありません」

なんだかわからないものに、怯え、苦しみ、おえいは半年後、文月《ふみづき》の半ばに女の子を産んで死んだ。

「お産の時に、紫さんが叫んだ声が、中助の女房のすやの声だった、なんて言う人がいて」

ギャッ。

女たちが声にならない悲鳴を上げた。

「中助棟梁のおかみさんは死んではいないんだよね」

あさがビクビクした声で聞いた。

「へえ。元気でおります」

「ということはさ、紫は幽霊に取り殺されたわけではない」

「お産で死ぬことはよくあります」

この時代、お産で死ぬ女性は多かったから。亡くなったことは不思議ではない。

ただ祈禱師が匙《さじ》を投げた、何かに憑かれていた。そして、お産の時にすやの声で叫んで、そして死んだ。

「もしかしたら、おすやさんの生霊《いきりょう》に取り憑かれた！」

お民が今にも泣き出しそうな声で言った。

「そんな。生霊なんてものがいるものか」

あさが吐き捨てるように言った。

「私はもう一つ気になることがあるんです」

お福が恐る恐る言った。

「もしかしたらですが、月が足りないんじゃないか」

おえいが身請けされたのが神無月（十月）の頭で、赤ん坊が生まれたのが文月（七月）の半ば。九ヶ月しか経っていないとお福は言いたいらしい。

「そんなのはね、早産って奴だろう」

あさが言った。

まるで、別の客の赤ん坊だとでも言いたいようなお福の言い草にあさは腹を立てた。

「すみません、女将さん、何もそんなつもりじゃございません」

お福はあわてて謝った。

「で、赤ん坊はどうなったんだい」

あさが聞いた。

「赤ん坊は元気に生まれたんですがね。もちろん、中助棟梁は引き取って自分の子として育てたいと言ったらしいんですが、すやさんや巳之吉棟梁はそんなことは許しやしません」

「でも、赤ん坊は誰かが見ないと死んじまうんだよ」

「紫さんが住んでいた茅場町の長屋の大家さんって人が、佐兵衛さんっていうんですが、町役人も勤めている方で。人徳のある方だそうで。近所でも評判でしてね。いずれは里子に出さなゃならないが、それまでの間、預かってくれているという話です」

世の中には親切な人もいるものだ、と、おひろは思った。

でもそういう人がいなかったら、その赤ん坊は死んじまうんだ。

その夜は、あさとおひろと和助、女たちでお題目を唱えて、おえいの冥福《めいふく》を祈《いの》った。

「おむらは災難だったよな」

善助が言った。

伊勢屋の裏の洗濯物を干す空き地が若い衆の溜り場になっている。

秋晴れの日だった。空き地に、善助と和助、茂蔵、佐七が、なんとなく集まっていた。おひろも少し離れたところで四人の話を聞いていた。

善助はまだ、おえいのことを「おむら」と呼んでいた。

「あのまま海苔屋に身請けされていれば、今頃は海苔屋の内儀で幸福に暮らしていたんだ」

「俺は棟梁に身請けされてよかったと思うがな」

和助が言った。

どうしてなんだよ。中助の女房が呪い殺したかどうかは別にして、どの道、中助は碌な男じゃなかったんだ。親の七光りで棟梁になって。女房の親父にも頭が上がらず。それでもあちこちの女に手を出してさ。

「紫さんは棟梁に惚れていたんだ」

和助は言った。

「だから、棟梁の子を身籠って。呪いを掛けたすやさんとも戦って、頑張ったんだと思う」

「惚れた腫《は》れたも、すべて金じゃねえか。お前、何年、若い衆やってるんだよ」

善助が言った。

「おむらは、棟梁の妾になって、何ヶ月かはうまいもの食って楽しく暮らした、それでよかったというのなら、わかるがな」

「親の意見と茄子《なすび》の花は、千に一つの狂いなし、って諺があるって、前に言っただろう」

あさに話があると言われて行ったら、諺の話をはじめた。

諺なんて知らないよ、とおひろは言いたかったが、あさの言うことにはいちいち逆らえない。とりあえず、ニコニコ笑って聞いていればいい。

「親の意見は大事だって意味だけれどね」

おひろにもう親はいない。だから、いまさら聞きたくたって親の意見は聞けないんだよ。

「茄子ってえのは、花が咲くと必ず実を結ぶんだ」

「はい……」

「紫は、中助に身請けされて花咲かして、赤ん坊という実を結んだ。まぁ、死んじゃったのは可哀想だけれどさ。女としてはいい人生だったたんじゃないかね」

惚れた男に身請けされて、赤ん坊を産んだ。善助の言うように、短い時間だが贅沢もしたんだろう。だけど、やっぱり死んじゃだめだよ。少なくとも、生まれた子供の行く末は見守ってから死なないと。

紫も死にたくて死んだわけじゃない。

娘のことは心残りだったろう。

せめて娘がどこに里子に行くか、そこまでは見守ってあげたい、おひろは思った。

数日後、商人風の若い男が供を一人連れて伊勢屋を訪れた。

「こちらに、おひろさんという方はいらっしゃいますか」

あらら。おひろに用があるってなんだ？　おひろが遊女をやっていたのは四年前だ。昔の馴染み、にしては若いけれど。もしかしたら、おひろが筆おろしの相手で、忘れられなくて訪ねて来たのかもしれない。だが、もう、おひろは遊女じゃなくて、おばさんなんだよ。

「申し訳ございません。おひろはもう、客は取りません。今はおばさんをやっております」

善助が言った。

「はい。そのおばさんに用があって参ったもので」

「おばさんに用？」

「はい。叔父が、困ったことがあったら、伊勢屋のおひろさんに相談しろと申しまして」

「叔父さん？　あんたの叔父さんって誰だ」

「申し遅れました。私の叔父は、去年亡くなりました播磨屋光太郎、私は甥で源《げん》次郎《じろう》と申します」

紫を身請けしようとして死んだ光太郎の甥、その甥がなんの用で来たんだ？

播磨屋は大店だから。傳右衛門の部屋で、傳右衛門、あさとおひろが会った。

「するってえとなんですか、あなたが播磨屋の跡を継がれたんですか」

源次郎は桐《きり》の箱に入った高級海苔を手土産に持ってきたので、傳右衛門は普段は絶対に見せないような笑顔で言った。あさも少しだが口元がゆるんでいる。なんなんだろう、この二人は。

おひろはもちろん、傳右衛門もあさも、手土産の高級海苔を、銭を出して買うことはない。おひろは一度も食べたことはない。だが、傳右衛門とあさは、過去に二、三度、たまたま他人からもらって、この海苔を食べたことがあるようだ。

世の中には銭を出してまでは食べたくないが、もらったらかなり嬉しいというものはある。海苔はその一つだろう。たかが海苔、されど海苔なんだ。

「伯父の光太郎には子供がいませんでしたので、親戚で話し合い、私が跡を継ぐことになりました」

源次郎の父は光太郎の弟で分家をしていた。源次郎の父も他界していて、分家は源次郎の兄が継いでいた。

「もともと播磨屋は私が継ぐはずでした。伯父は私を、たいそう可愛いがってくれていまして。伯父は私に播磨屋の跡を継ぐように言い、遺言書もしたためておりました。それが……」

光太郎は紫を身請けすることになった。紫との間に子供が出来るかもしれない。光太郎は遺言書を書き直した。

「伯父に呼ばれまして。伯父は頭を下げて、お前が播磨屋を継ぐという話はなかったことにしてくれと言われました」

播磨屋の主人になれるところが、光太郎旦那が紫を身請けしようとしたばかりに、なかったことになった。

「それはさぞ悔しかったでしょう」

「悔しくはございませんよ。私は兄が継いだ分家で番頭をしておりました。それで十分な給金もいただいております。播磨屋を継がなくても困ることはありません」

「はぁ、左様ですか」

ずいぶん欲のない人だ、と、おひろは思った。

「伯父は最初の妻が死んで以来、ずっと独り身でした。優しい伯父でしたんで、幸せになってほしかった。だから、叔父さんが嫁を迎えると聞いて、嬉しく思っていました」

自分の出世より、伯父さんの幸せが嬉しいのか。余程いい人なのか、変わり者なのか。

光太郎が亡くなり、葬式、四十九日も済んで、親戚の協議で、播磨屋は源次郎が継ぐことになった。しばらくは、新しい主人として、得意先の挨拶まわりや、帳簿の確認などで大忙しだった。ようやく落ち着いたある日、光太郎の手紙を見付けた。

「私に宛てた手紙でした。それには、自分が亡くなった時、おえいのことをよろしく頼むと書いてありました」

おえい、紫は、吉原の花魁《おいらん》から千住に住み替えて、長く遊女をやっていたから世間のことには疎《うと》い。だから、あとのことを源次郎に託した。

光太郎は何も自分がすぐに死ぬと思っていたわけでもないが、厄年で、太っていて、持病もあったのだ。光太郎の弟もわりと早くに死んでいる。自分の死ぬことを考えていても、おかしくはない。

「伯父はどれだけ、おえいさんのことが好きだったんでしょうか。そう思うといてもたってもいられませんでした」

すぐに伊勢屋に人をやって、おえいを身請けして、どこかに家を借りて、のんびり暮らさせてあげようと考えたのだが、その時には、もう、中助に身請けされたあとだった。

「身請けされて幸せに暮らしているのなら、それでよかった。この話は終わるはずでしたが」

「中助棟梁の妾が幽霊に取り殺されて死んだ」

それはかわら版屋のネタになった。

「うちの手代で、鉢蔵《はちぞう》という者がおります。幽霊とか、もののけとかが好きな男でして。叔父が亡くなった時に一番嬉しそうでした。私がその時に主人でしたら、暇を出していましたよ」

珍しく源次郎が笑った。

「その鉢蔵さんが？」

おひろが聞いた。

「中助棟梁のお妾の件を茅場町まで行って、根掘り葉掘り」

似たような奴がどこにでもいる。鉢蔵も人にものを聞いて調べるのが好きなんだろう。

「それで、亡くなったお妾がおえいさんだとわかりまして。しかも、赤ん坊の引き取り手がなくて茅場町の大家さんに預けられているということまで聞いて来ました」

茅場町の大家はそのあたりでは知られた人で、赤ん坊を引き取ったことでも株が上がっているから、ついでに耳に入ったのだろう。

「私はその赤ん坊を引き取りたいと思ったんです」

「えっ！」

源次郎の意外な言葉に、傳右衛門もあさも、おひろも驚いた。

「そら、万が一にも、光太郎旦那の子かもしれないというのなら話はわかりますが」

あさが言った。

「月を数えても、光太郎旦那の子ではありません」

「そんなことは存じております」

源次郎は言った。

「ただ、伯父がホントに惚れた女の人の娘なんでしょう。親がいる、親戚がいるんなら、何も言いませんよ。でも、その子は、母親が死んで、父親に見放されちまったんでしょう」

父親は見放したというよりも、むしろ見放してくれてよかったのかもしれない。赤ん坊を中助が引き取ったら、すやは赤ん坊に何をするかわからない。

源次郎は人をやって、茅場町の佐兵衛のところに、赤ん坊を引き取りたいと申し入れた。佐兵衛からは「しばらく待って欲しい」との連絡があった。おえいの件がかわら版に載ったため、世間でも赤ん坊が可哀想だから、里子に出すなら、うちが引き取りたいという申し出が何件かあったという。

佐兵衛は「なるべく条件のいい、赤ん坊が幸せに暮らせるであろう家を選びたい」と言っていると、佐兵衛の家の喜助《きすけ》という番頭がわざわざ浅草まで来て、伝えてくれた。

「佐兵衛さんのおっしゃることはもっともな話で、佐兵衛さんにお任せして、確かな家に赤ん坊がもらわれるのなら、それでいいのですが。私としては、おえいさんが産んだ子を近くで見守りたいという気持ちがあるのです」

どこまでいい人なんだろうね。というかさ、太っていて脂ぎっていた光太郎がここまで慕われていた、そのことにも驚きだった。

「お前さん、おかみさんはおありで？」

傳右衛門が聞いた。

「いいえ。まだでございます」

大店だから。お乳母《おんば》さんを雇えばいいだけかもしれないが、ちゃんと両親が揃っている家に里子に出したいだろう。

「年齢は？」

「二七歳でございます」

確か中助棟梁も同じくらいの年齢だった。かたや親の七光りで棟梁になって女遊び三昧。なんでこんなに違うんだろうねえ。

「で、私たちにどうしろとおっしゃるんでしょうか」

「なんとか茅場町の佐兵衛さんを説得して、赤ん坊を私たちに引き取らせていただく法はありませんでしょうか」

「ありませんでしょうかと言われても、ねえ」

傳右衛門は、あさとおひろをチラリと見たが、何かいい考えがあるとも思えないことがわかったのだろう。

「私どもは女郎屋ですから。私どもが出しゃばっても、堅気の大家さんが、話を聞いてくれるものでもありません」

何も出来ないよ。と傳右衛門は言いたいようだ。

「伯父が残した手紙に、困ったことがあったら、千住の伊勢屋さんのおばさんで、おひろさんという方を頼れ、と書いてありましたもので」

えーっ、私！

そんなね。私は女郎屋のおばさんだよ。なんだって、私に相談なんかされたってね、迷惑だよ。と、おひろは思った。

「伯父はおそらく、おひろさんとお話をして、この方は世情に通じていて、いろんなことの機微《きび》がわかる方だから、何かの時に力になってくださると思って、書き残したんだと思います」

余計なことを書いてくれたもんだ。

「そういうことですか、よくわかりました」

傳右衛門が一調子、張り上げて言った。

「あさ、いただいたものは仕舞って」

早かった。あさは海苔の箱を持って、スッと奥に消えた。

「おひろ、播磨屋さんの相談に乗ってあげなさい」

言うと、傳右衛門も奥に消えた。

海苔はそっちで、相談に乗るのは私ですか？

相談に乗るったって、どうすればいいんだ。

播磨屋は金持ちだろうけれど、両親がいるわけでなし、この先、源次郎が嫁をもらえば赤ん坊は邪険にされないとも限らない。里子の条件としてはよくない。高級海苔を持っていっても、聞いた限りでは、それで佐兵衛の気持ちが動くわけでもなかろう。

「どうすればよろしいでしょうか」

源次郎は言って、頭を下げた。

いや、頭を下げられても。

私には、どうすることも出来ません。海苔はあっちに行っちゃったし。

「佐兵衛さんっていう人よりも偉い方を探して、その方に佐兵衛さんに話していただくというのはどうですかね」

おひろは思いつきで言った。

「もう還暦《かんれき》過ぎの方で、町役人でもいられる。まわりにそうそう、意見の言える人はいなさそうです」

だったらもう、佐兵衛に任せるしかないだろう。聞いた限りでは悪い人ではない。人生経験豊富で、大家さんで町役人、その人が大丈夫というところに里子に行けば、たぶん、赤ん坊も幸せになれるだろう。

ねえ。

そう思って、源次郎を見て、おひろはただ作り笑いをするしかなかった。

五日ほどして。

播磨屋の供で来た男が一人で伊勢屋にやって来た。

おひろに会いたいと言う。

今日は海苔の箱を持っていないので。

「善さん、半刻ほどお願いします」

もちろん、供の者が祝儀を出せば、善助にも分け前を渡すという意味で、いない間の用事を任せた。

供の者を「おでん・燗酒《かんざけ》」の店へ連れて行った。

「播磨屋の番頭の小兵衛《こへえ》と申します」

番頭は名乗り、

「本来は主人が来てお礼を述べるところですが、よんどころない用事がありまして、こられませんので私が参りました」

あー、そうですか。お礼を言われるようなことは何もしておりませんがね。

「先日は商売ものの海苔を持って参りましたが、同じものでは心苦しい」

心苦しくないよ。あの海苔は、傳右衛門とあさの膳にしか載らないんだよ。私にも別にくれても問題はないんだ。

「失礼に当たればお詫びいたしますが、何を持って来てよいのかわかりません。これで何かお好きなものを買っていただけましたらと」

小兵衛は紙包みを出した。金だ。

失礼ではない。むしろ正しい。海苔よりも嬉しい。

なるほど。播磨屋を継ぐだけあって、源次郎は苦労人だ。海苔は傳右衛門が収めたから、おひろには別に金を包んでくれたんだ。自分が来れば、また傳右衛門が出て来るから、番頭を使いに、おひろにだけ金を渡そうというのだ。

「それはわざわざありがとうございます」

おひろは金の包みを受け取った。

銭ではない。金だ。

えっ？

「ちょっと失礼しますよ」

おひろが包みを開けると。

なんと二両（約二十万円）入っていた。

なんだい、ちょっと話をしただけで、二両はいくらなんでも多過ぎるだろう。

「それでは、私はこれで失礼いたします」

小兵衛はお茶も飲まずに帰ろうとした。

「待ちなよ。どういうことだよ」

おひろが大きな声を出したので、小兵衛は驚いて立ち止まった。

世の中には、金持って逃げる奴はいるが、金置いて逃げる奴なんていない。お前は「置き泥」か。

「どういうことだか説明をおし。いくらなんでも二両の礼金は多いだろう」

「失礼がございましたらお詫びいたします。主人《あるじ》が申しますには、おひろさんのおかげで、赤ん坊を預かることが出来ました」

そうなんだ。赤ん坊は播磨屋の里子になったんだ。佐兵衛がそう決めた。金持ちだから安心だと思ったんだ。だが、それは、おひろには関係ないだろう。

「いえ、おひろさんのおかげだと、主人は申しておりました」

「どういうことだい」

話は簡単だった。おひろが、「佐兵衛よりも偉い人に話してもらったら」と言ったのを聞いて。還暦過ぎの町役人より偉い人はそうはいなかったが、佐兵衛は狂歌《きょうか》を習っていた。源次郎の兄も狂歌に凝っていて、佐兵衛の狂歌の師匠と懇意だった。身近に佐兵衛に意見の言える人がいた。

「ところが、数ヶ月前に、佐兵衛さんの師匠だった狂歌の宗匠は亡くなっていたのでございます」

それは残念でした。

「でも、縁というのはあるのでございます。うちの得意先の加賀屋さん、このご主人も狂歌をやっておりまして、加賀屋さんの師匠が、佐兵衛さんの師匠と深いご縁のある方でして」

すべては「縁」の一言なのか。おひろの言葉から、「縁」が繋《つな》がって、よくわかんないけれど、狂歌の先生が口を利いてくれて、赤ん坊は播磨屋が引き取ることになったのか。

「瀧川鯉弁さんという方です」

「誰？」

「狂歌の宗匠で。その方がまたご縁で、なんでも千住のおひろさんなら、よく存じておりますと」

「そんな人は私は知らないよ」

おひろには聞いたことのない名前だった。

誰だろう。客は大勢来るから、その中の一人かしら。

いや、ちょっと待て。何年か前に、狂歌の先生だって人と話はしたことがあった、確かこの「おでん・燗酒の店」だったけれど。

「というわけでございまして。主人は感謝いたしております。また、いずれお礼に参ります」

そう言って、小兵衛は帰って行った。

おひろは二両もらったこと以外は、あさに報告した。

「よかったよね。たぶん、紫の娘は、播磨屋で幸せに暮らすんだろうね」

傳右衛門が留守のある夜、あさは部屋におひろを呼び、部屋の長火鉢で酒の燗をつけた。

「旦那の留守だ。一杯やろうよ」

あさは言った。

「一杯くらいなら」

おひろはそんなに酒は好きではなかったが、あさに言われれば断われない。

「肴はね。ほら、あれ。旦那には内緒だよ」

あさが桐の箱を持って来た。播磨屋にもらった海苔だ。

「食べてごらんよ」

海苔をあぶって食べたら。

香ばしくてうまかった。

「時にさ、なんで紫は茄子の裾模様の着物を着ていたんだい？」

あさが言った。

「知りませんよ」

朋輩《ほうばい》にも誰にも、茄子の話も、なんで「紫」と名乗り続けたのかも言わなかった。

「紫」と名乗っていたのは、また中助に会いたかったからだろうけれどね。

「紫は死んじまって可哀想だ」

「生霊とか呪いじゃございません。女は命懸けで子供を産むんです」

「子供産んだことがない私たちが言っても説得力ないね」

傳右衛門とあさにも子供はいなかった。

「紫の娘は、お妾さんの子供として育つよりは、播磨屋の娘のほうが幸せになれるかもしれないね」

あさがしみじみ言った。

おひろは播磨屋の娘になるより、母親と暮らすほうがよかったんじゃないかとも思ったけれど、どっちがよかったかなんてわからない。紫はもう死んじまって、娘に親はいないんだ。播磨屋で生きてゆくしかないんだ。

「もう一枚海苔焼くかい」

「いただきます」

海苔の香ばしい香りが広がり、秋の夜が更けていった。

焼き芋

「おひろさん、一つ食わねえか」

善助が声を掛けた。

伊勢屋の裏の、若い衆たちの溜まり場になっている空地で、おひろが和助と話をしているところへ、善助が、ぬーっとやって来た。

「なんだい」

見たら、藁紙に芋が一本包んであった。

「芋?」

「本宿の芋屋で買ってきたんだ」

芋とは薩摩《さつま》芋のことだ。

享保の頃、青木昆陽《あおきこんよう》という人が、飢饉《ききん》の時などに米の代用食として薩摩芋の栽培を、八代将軍吉宗《よしむね》に上申、小石川《こいしかわ》養生所にて研究を重ね、全国に普及させた。

ところが江戸っ子は米の飯を常食としていた。米の飯が食べられることが誇りであった。だから、ずいぶんと芋は嫌われた。

「ドジ棒」などと呼ばれた。

ドジな奴の食う棒状の食い物だから「ドジ棒」だ。

それでも、何度かの飢饉の時は多くの人々の命を救った。

また品種も改良されて、味もよくなった。

芋は甘いから、子供たちのおやつとしても親しまれていった。

文化文政《ぶんかぶんせい》の頃、江戸の街に焼き芋屋が登場した。はじめは、長屋の木戸の番小屋で売られた。長屋の雑用をやる番太郎が小遣い銭稼ぎに芋を売った。そのうちに上質の芋を仕入れて売る専業の芋屋が登場した。

現代の石焼き芋とは違う。芋を蒸《ふ》かして売るのだが、落ち葉焚きで芋を焼いて食べたイメージから「焼き芋」と呼ばれて親しまれた。

芋の名産地は江戸近郊では川越《かわごえ》が有名だった。

「栗よりうまい十三里」

という流行語があった。川越が江戸から約十三里のところにあったので、「栗(九里)+より(四里)で、芋を十三里と呼んだそうな。

本宿に芋屋が出来たことは、おひろも知っていた。

遊女が客から聞いて、食べ物の噂は女たちにすぐに広まる。

「誰か買ってきてくれないか」

遊女たちがそんな言葉をもらしているのを聞いたことがある。

「よし。次に来る時に買って来てやるよ」

そんなことを言う客はいたが、買って来た例《ためし》がない。遊女との約束なんて、すぐに忘れちまうのが客だ。

いや、次に来る時は、もう女のことしか考えていないから、芋のことなんて頭にないだけだ。

その芋をどういうわけか、善助が買って来た。

「なんだって芋なんか買って来たの？」

「芋屋の前を通ったらなんとなく買っちまったんだよ」

「ふーん」

「買ってから気が付いた。伊勢屋の若い衆がドジ棒かじりながら千住の街を歩くわけにはいかねえから。藁紙に包んで持って帰って来たとこういうわけだ」

「お前が食いたくて買ったんだろう。お食べよ」

「そん時は食いたいと思ったが、よく考えたら、ドジ棒なんぞ食いたくねえや」

男の了見はよくわからない。芋は食いたいが、芋を食っているところを他人に見られたくないらしい。

男は見栄《みえ》の生き物だなんて言うが、見栄の張りどころが違うだろう。

どうせ買うなら、人数分とは言わない。五、六本買ってきて、何人かで一本でも、女の子たちにたべさせてあげればよかろうに。

そうすりゃ、伊勢屋の善助の株は上がったろうに。

そう言ったら、

「よせよ。女に芋なんか食わせて、客の前で粗相《そそう》をしたら、どうするんだよ」

それは確かに困るね。

でも芋を食ったからって、誰でも粗相をするわけでもあるまいに。

とりあえず、芋はもらっておくよ。

おひろも万が一、粗相をしたら困るから、芋は寝る前に食べようと思った。

「おひろさん、すみません」

中引け過ぎに、若い衆の佐七がおひろの部屋の前で声を掛けた。

なんだろうね。これから善助にもらった芋を食べて寝ようと思っていた時なのに。

千住も吉原と同じ、九つ（午前零時頃）を「中引け」と言って、遊女屋は店仕舞いをする。表は仕舞っても、店の中では遊女はまさに営業中なわけだ。若い衆やおばさんは行灯の油を替えると称して、遊女と客の間で何か間違いが発生しないか時々、部屋をまわって歩くのが仕事である。それをうまく交代で行ってい る。おひろは今日は休みのはずだが、大きな揉め事でもあれば呼ばれるのは仕方 がない。

「なんかあったのかい」

「お梶《かじ》さんが廻しを嫌がりまして」

廻しとは、何人かの客の部屋を廻ることをいう。

遊女にとっても過酷だから、決してやりたいことではない。でも、遊女屋で、 客が来て、それぞれからお見立て(今でいう指名)があれば、廻るのが遊女の仕 事である。

そこをどうこなすかが遊女の腕の見せどころで、嫌でも嫌な顔を見せずに男に 尽くせば、そのお客が馴染《なじ》みになってくれる。また、ホントに嫌なら、お客を 「ふる」のもありだった。

江戸時代の遊女屋では、遊女が客を「ふる」こともよくあった。現代なら、風 俗に行って金払ってサービスが受けられなかったら、客は怒るだろう。昔も怒る 客はいないわけではなかったが、ふられて怒る客は「野暮《やぼ》」だと笑われた。 また、怒らせずに「ふる」のも遊女の手練《てれん》だ。

「今日はお客が立て込んでいてさ、惚れたお前だから我儘《わがまま》が言えるんだ。我慢しておくれ」

とでも言えば、「惚れたお前」の一言で、「俺は特別」と勘違いしてくれたら、めっけものだ。

「このお礼は今度来た時に。ねっ」

と色っぽく言えば、次を楽しみに男はまた来る。

まぁ、皆が皆、そううまくゆくわけではないが。

そうしたやりとりを楽しみに来る客もいないわけではなかった。

お梶は昨日今日の遊女ではない。伊勢屋に来て二年、その前も品川にいたらしい。

そのお梶がなんだって今日に限って廻しを嫌がるんだ。

「善さんは何している？」

今日は善助が中引け過ぎの係りのはずだ。

「善助兄いがおひろさんを呼んで来いって」

あれま。善助で手に負えないのかい。しょうがないねえ。

よっこらしょ。

おひろは半纏《はんてん》を羽織ると、佐七のあとについてお梶の部屋へ行った。

部屋の前には善助がいた。

とくに困った様子はない。なるほど、俺は面倒な仕事はやりたくない。芋をやったんだから、俺の代わりにお梶を連れ出してくれ、ということか。芋なんか、もらうんじゃなかった。

「おひろさん、よろしくお頼み申します」

善助が慇懃《いんぎん》に言った。

「廻しの客は誰だい？」

「本郷の長《ちょう》さんと、草加の柴吉《しばきち》さんです、それに今日初回のお客様です」

本郷の長さんは、ホントの名前は確か長介《ちょうすけ》といったか、中年の職人で男っぷりも悪くないし金離れもいい。草加の柴吉は百姓の倅だが、これも金には困っていない。どっちも悪い客ではないのに、何が不満なんだろう。

初回の客も、さっきちらっと見た限りでは、どっかの若旦那風の男だった。うまく馴染みにすれば、いい稼ぎになる。

「お梶、入るよ」

おひろが部屋に入ると、お梶は鏡台の前で目を泣き腫《は》らしていた。

「善さん、佐七さん、あとは任せてあっちにお行き」

若い衆を行かせた。善助がおひろを呼んだのは間違いではなかった。これは女同士でないと話し難いことがあるんだろうね。

「どうしたんだい、お前らしくないね」

「おひろさん……」

「わけをお言い。聞く耳がないわけじゃないよ」

「私、私……」

そのままお梶は、おひろの裾にすがりついて、ワッと泣いた。


お梶には惚れている男がいた。

その男は初午《はつうま》の日に友達と連れ立ってやって来た。大塚《おおつか》村の酒屋の若旦那で半兵衛《はんべえ》。酒屋といっても、近隣の住人相手に小売の酒を商う小さな店だ。友達は由蔵《よしぞう》、居職《いじょく》の職人らしい。王子稲荷の帰りに千住まで足を延《の》ばして、以来時々、やって来るようになった。

半兵衛は色が浅黒いいい男で、普段から自分で酒の樽なんか担《かつ》いでいるから、腕っぷしも強そうで、遊女でなくても惚れている女はいくらもいそうだった。案の定、半兵衛は神無月《かんなづき》のはじめに祝言《しゅうげん》をあげたらしい。

お梶はまったく聞かされていなかった。半兵衛が祝言をあげた話はついさっき、由蔵の敵娼《あいかた》のお文から聞かされたのだ。

「お前のいい男《ひと》はもう来ないってさ」

よせばいいのに、廊下ですれ違いざまにお文はお梶に言った。

「どういうことだい」

「お前に愛想が尽きたんだとよ」

半兵衛はいつも由蔵と一緒に来る。今日は由蔵だけが来た。

半さんは何か用事があって来られないだけだよ。

お梶はそう思っていた。

「愛想が尽きたって、どういうことだい？」

「知らないよ。由蔵が言っていたんだ。いつも一緒に来るお神酒徳利《みきどっくり》のかたわれがいないから、どうしたんだいって聞いたら、半公はお梶に愛想が尽きた、って言ったんだよ」

「そんな……、半さんに限ってそんな薄情な真似は」

「知らないよ。由蔵が言っていたんだ。半公はお梶に愛想が尽きて、近所の娘と祝言をあげたって」

遊女屋に来る男は、遊女とある種の擬似恋愛を楽しみに来る。遊女が客を「ふる」ことがあるというのも、単に女を買いに来ているんじゃない。擬似恋愛だから。女が気に入らなければ「ふる」こともあるんだ。

だが、あくまでもそれは擬似恋愛であって、客は一歩遊女屋を出れば客ではない。百姓だったり、商人だったり、職人だったり。それぞれの世界で生活している。

女房がいる者もいれば、親兄弟もいるんだ。

夢を見に来る遊女屋とは別に、現実の世界に生きている。

そのことは遊女も客もわかっているはずだ。

わかった上で、惚れたの腫れたの、年季が明けたら夫婦になろう、などと寝物語を言う。それは遊女の手練の場合もあるし、でも時には本気のこともある。複数の客に本気で「惚れる」女もいたりする。

けれどもそれは夢の世界だけの話なんだよ。

おひろも吉原で遊女だった時に、惚れた男がいた。その男と所帯を持つことを夢見たが、夢は夢でしかなかったんだ。

そんなことはお梶はわかっているはずだろう。

ただ、もしも半兵衛が他の女と所帯を持つのであれば、せめて半兵衛の口から言って欲しかった。おそらく、そんなことで拗《す》ねているんだろう。

あー、もうしょうがないねえ。

おひろは部屋の外に目配せした。善助も佐七も、あとはおひろに任せて、立ち去ったようだ。

よし。若い衆がいなくなれば、この手を使おう。

おひろは袂《たもと》に手を入れると、昼間、善助にもらった芋を取り出した。

「これ食べて忘れなよ」

「何、それ、おひろさん……」

「栗よりうまい十三里ってさ。おいしいよ」

「お芋で忘れられるわけないだろう！」

流石《さすが》にお梶は怒った。

「騙《だま》されたと思って食べてごらん」

おひろが芋を手渡して言った。

「少なくとも口にお芋が入っている間は忘れられるから」

朝、早くに、由蔵も長介も柴吉も帰って行った。

夕べ、あれから、お梶は芋を半分食べてから、長介の部屋へ行き、半刻いて、柴吉の部屋へ行き、明け方近くに、初会の男の部屋に行った。

そのままお梶は初会の男の布団《ふとん》で一緒に寝たようで、四つになっても男もお梶も起きて来なかった。

「佐七、ちょいと、見て来い」

善助が佐七に命じた。

「えー、お客様、そろそろ昼近くになって参りましたが。いかがいたしましょう」

佐七が部屋の前で声を掛けた。

「もう一日居続けというわけにはいきませんかな」

男が寝惚《ねぼ》けた声で言った。

居続けとは、もう一晩泊まるという意味だ。

伊勢屋は旅籠《はたご》だ。商売で千住に来て、逗留《とうりゅう》する客だっている。女郎買いに来て、女と別れ難くなり、もう一晩泊まって行く客だっている。

「はい。帳場にそのように申し伝えます。お湯が沸いております。朝湯はいかがでございましょう」

何かひそひそ話す声がした。男がお梶と相談をしているらしい。

「お湯は結構です。もう半刻、休ませてください」

まだ寝るのか。でも、明け方までお楽しみだったんだ。お天道様は頭の上でも、もう少し寝たい気持ちもわからなくはない。

金のある人は羨ましい、と、佐七はほんのちょっぴり思った。

少しは金があっても、日々働いて、たまに遊女屋に遊びに来る、由蔵、長介、柴吉のような奴らは、朝早くに宿を出て、自分の仕事に出掛けて行く。この旦那は何商売かは知らないが、暢気《のんき》に朝寝の出来る身分の方らしい。

「かしこまりました。ご膳はいかがいたしましょう」

「いまはいらないよ」

食わずに寝ていたら、腹も減ろう。

男は言った。

「昼に、鰻丼を二つ誂《あつら》えておくれ。お梶と部屋で食べるから」

あらら。

お梶はよほど男に気に入られたようだ。

それはそれでよかった。

「かしこまりました」

佐七は声を掛けて部屋を辞した。

一体どんな野郎なんだろう。

佐七は好奇心から宿帳を見た。

「川越在百姓、富蔵《とみぞう》」とあった。

川越の田地持ちの若旦那か。いいご身分なんだな。富蔵という名前からして、富を蔵に貯め込んでいる名前じゃないか。

「何見てるんだい？」

おひろが通り掛かって聞いた。

「いいえ、なんでもございません」

佐七は客の素性を探っているのをおひろに見透かされた気がして、なんとなく恥ずかしく思った。

五日が過ぎた。

なんと、富蔵は今日も居続けをしていた。前の晩の勘定は、次の日の朝に済ませるから、何も問題はないのだが、それにしても五日は長い。何をするでなく、昼間は部屋でお梶とゴロゴロしている。飯は最初の日は鰻丼を誂えたが、あとは普通のものを食べた。

夜はお梶が廻しをとっている間は、富蔵は一人で部屋に居る。二人ほど廻れば、お梶はまた富蔵の部屋に戻って行った。

「お梶のところに居続けをしている、川越のお百姓の……」

あさがおひろに言った。

「確か富蔵さん」

おひろが答えた。

「いや、うちは宿屋だから、何十日いてくれても構わない。毎日、前の日の勘定は払ってくれているんだから。ただ……」

はいはい。わかります。もう五日も何もせずに逗留して。

宿帳には川越の百姓と書いてあったが、おそらく鋤鍬《すきくわ》なんて持ったこともない、お庄屋の若旦那なんだろうけれど。いくらお庄屋の若旦那だって、親が心配するでしょう。

もしかしたら川越の百姓というのは嘘で、兇状持ちで隠れている、なんていうことだと、面倒だ。ちょっと見は兇状持ちには見えないが、人間はわからない。

傳右衛門の心配の種はそこらへんだろう。

いつもは佐七が昼前に勘定書きを持って富蔵の部屋に行っている。

「わかりました。今日は私が行って、様子を見て参ります」

「頼んだよ」

あさは厄介《やっかい》掛けてすまないね、という顔をした。


「えー、ごめんくださいませ」

昼少し前に、おひろは富蔵の部屋を訪ねた。

お梶は自分の部屋に化粧を直しに行っていた。

「勘定書きを」

「はい。ただいま」

おひろが勘定書きを渡す。富蔵は紙入れから、小粒をいくつか出して支払いをした。

「お釣りは若い衆さんと、お前さんのご祝儀だ」

釣り銭はいくらでもなかったが、わざわざ祝儀を包まず、釣り銭を祝儀にする、こういう気遣いは逆にありがたい。金額じゃない。逆に若い衆に気を遣わせない、気遣いだ。遊び慣れしているわけではない。親がやるのを見ていて、それが自然と身についているのだ。

佐七は正直だから、毎日、おひろとその日いる若い衆で割った銭を数文ずつだが配った。

「お前さんたちには世話になった。とくにいつも来る若い衆さん」

「佐七でございますか」

「佐七というのか」

馬鹿だね、佐七は。居続けをするくらいお梶を気に入ってくれているんだ。この先も馴染みになるかもしれない客に、名前も名乗っていないのか。

「ちゃんと祝儀をあげたいんだけれど……」

富蔵は紙入れを逆さにふった。紙入れが空だと言いたいのだろう。

持って来た金は使い切ったということか。じゃ、これで川越に帰るのか？

「これが私の身上です」

富蔵は一分（約三万五千円）の銀貨を一枚、おひろに渡した。

「これでいつまで、ここにいられますか？」

「お酒や台のものを取らなければ、明日の朝までいられます」

「そうですか。祝儀が渡せなくて済まないが、では明日の朝までいさせてください」

富蔵は言った。

いや、明日の朝までいるのは構わない。無理に祝儀を包む必要なんてないんだ。でも、川越まで帰るんだろう。草臥《くたび》れたら茶店で休んで、茶の一杯は飲むだろう。川越までなら、どっかで昼飯だって食べるだろうし。何も今持っている有り金全部使わなくたって、一分持って今日帰るがいいじゃないか。

一分は細かくしてあげるから、いくらかおばさんと若い衆に祝儀を包んだっていいんだよ。

「ではすみませんが、明日の朝まで」

富蔵は言うと、さて、ここはなけなしの金で俺が借りたんだから早く出て行けという顔をした。

「どうしたんだい」

お梶が戻って来た。いつも佐七が来るのに、おひろがいたのでお梶は怪訝《けげん》な顔をした。

「佐七つぁんは旦那の用で出掛けているんだ」

「そうですか」

「お梶、私は川越に帰らなくてはならない」

富蔵が言った。

「明日の朝には帰るから、明日まではゆっくり楽しもう」

「ねえ、おひろさん」

空き地で一休みしていたら、和助が声を掛けてきた。

「どうしたんだい？」

「善さんがなんで千住で芋なんか買って来たのか、知りたくありませんか」

「食いたかったから買って来たんじゃないのか」

「あの気取り屋が、ドジ棒食いたいと思うわけないでしょう。わけがあるんですよ」

「どんなわけだい」と話の流れなら聞くところだが、おひろは別に善助が芋を買った理由なんて知りたくはなかった。

黙っていたら。

「わけを知りたくありませんか？」としつこく和助が言うから。

「別に」

おひろは横を向いて腕を軽く組んで言った。

おひろには別に心配事があった。お梶のことだ。お梶は半兵衛が別の女と祝言を挙げたと聞かされて泣いていたんだ。その夜に富蔵が来て、以来、富蔵の部屋にずっといる。というか富蔵が伊勢屋に居続けをしている。

色の浅黒い男前の半兵衛とは、富蔵はぜんぜん違う。色の白い小太りな男だ。川越の百姓だって書いているけれど、鋤鍬持って働いたことなんてない、お庄屋の若旦那だ。だから居続けする金にも困りはしない。

だが、半兵衛にふられてすぐ、ぜんぜん違う様子の富蔵に惚れるものだろうか。あの二人に何があるんだ？

さらには五日居続けをした富蔵が明日帰ると言っている。

これはなんか起きるんじゃなかろうか。

「別にって、そら、ないでしょう」

和助が言った。

「善さんが芋を買ったんですよ。わけを知りたくないんですか？」

知りたくはないよ。

どーでもいい。

でも、そこまで和助が言うんだ。和助が言いたいなら、浮世の義理だ。仕方ない。聞いてやる。

「なんなんだい？　なんで善さんは芋なんか買ったんだい」

「女です」

「えっ？」

「女ですよ」

「女ってなんだい？」

「女ってなんだいって、おひろさんだって女でしょう」

「私は女だけれど、それが善さんの芋とどういう関わりがあるんだい？」

「おひろさんは関わりはありませんよ」

「女って、えっ？　まさか……」

「へえ、そのまさかですよ」

和助が嬉しそうに笑った。

つまり、善助が本宿の芋屋の娘だか内儀だかに惚れて、その女の顔見たさに、わざわざ芋を買ってきたというのか。

馬鹿馬鹿しい。いい大人の善助だ。女に惚れることもあろうさ。店の女の子に惚れたら問題だけれど、本宿の芋屋だろうが八百屋だろうが、堅気《かたぎ》の女に惚れて、その女の顔見たさに芋を買って来た。別におもしろくもなんともない話だ。

善助が女に惚れた。どうせ「惚れた」なんて言い出せずに終わるんだ。よしんば声を掛けたところで、相手が善助に惚れるわけもない。ふられて、それまで。いや、相手が好きモノで、相手も善助に惚れたら、誰かに間に入ってもらって所帯を持てばいいだけだ。

ただそれだけの話を、和助は何おもしろがっているんだろう。

「ところで、お前、善さんが芋屋の娘だか内儀だかに惚れてるっていうのは、誰に聞いたんだ」

「誰にも聞いてはいません。善さんが本宿に使いに行く時に、そっとあとをつけました」

また、和助は岡っ引きの真似事をしたようだ。

善助のあとをつけたら、善助は用事を済ませると、芋屋に行って芋を買い、買ったはいいが食わずに、長屋の木戸で遊んでいた子供にやっちまったらしい。

「芋を買う時の善さんの顔をおひろさんに見せたかった。満面の笑みを浮かべてるんですよ。あの善さんが。気持ち悪いったらない」

そんな気持ちの悪いもの、見たくもないよ。

「芋屋の女は年の頃は二七、八と見ました。おそらく一度嫁いで、出戻って来た女だと思うんですが、ホントのところはわからない」

と言って和助は手を出した。

なんだい？

「ですからね、女の素性を、あっしが近所に聞き込んで調べて来ようってんで」

聞き込みには近所の店で買い物をして聞くのが一番、わかったら、いの一番に教えるから、聞き込みの掛かりをいくらか出して欲しいと、和助は目で訴えた。

「いい加減におしよ」

「えっ？」

「お前は女郎屋の若い衆で岡っ引きじゃないんだから」

だからさ、善助と芋屋の女は、なるようにしかならないんだよ。まわりが面白半分でとやかく言うことじゃないんだ。私たちの仕事は、伊勢屋の女の子たちに気配り目配りすることだろう。

「大変だ！」

おひろと和助がのんきに話しているところへ、佐七が駆け込んで来た。

「富蔵さんが首を括った！」

おひろと和助が富蔵の部屋に行くと、善助がいた。

お梶は部屋の隅にうずくまっていた。

富蔵は……。

ぶるさがってはいなかった。天井の梁《はり》には、お梶のものであろう、しごきが掛かっていて。

富蔵はお梶と反対側の隅にいた。顔には痣《あざ》がある。

一体何があったんだい？

「おひろさん、話はあとだ。お梶を頼む」

「あいよ」

「和助、女将さんを誰にも気付かれねえように呼んできてくれ」

「合点」

善助が機敏に指示し、おひろはお梶を連れて部屋を出た。

とりあえず、おひろの部屋へお梶を連れて行った。


富蔵が佐七の名前を知らなかった。おひろに言われて、佐七は富蔵の部屋を訪ねた。「お前、五日も逗留している富蔵さんに名前も言ってないのかい」。

声を掛けても返事がなかった。ガタンと音がして、富蔵のうめき声がした。

襖《ふすま》を開けると、富蔵が梁にしごきを掛けて、ぶるさがっていた。

佐七は部屋に飛び込み、富蔵の腰にしがみつき、首が絞まらないようにした。

「うぐーっ」

佐七は懸命に支えたが、それでも首が絞まるから、富蔵は呻き声を上げた。

「なんだ？」

善助がたまたま廊下を通り掛り、騒ぎがするので声を掛けた。

「善助さん……」

佐七が助けを求めた。

「何をやってるんだ、お前は」

善助の声は、富蔵になんで首なんか吊ってるんだ、とも、佐七に早くおろさねえんだ、と言っているようにもとれた。

善助はしごきから富蔵の首をはずした。

佐七も限界で、そのまま富蔵と佐七は畳に倒れた。

「この野郎！」

二発、善助は富蔵を殴った。

「佐七、おひろさんか和助を呼んで来い」

善助に言われて、佐七が裏庭に下りると、うまい具合におひろと和助がいた。

「どういうことなんだい？」

おひろはお梶に聞いた。

お梶はワッと泣き出した。

「何があったんだい？」

「なんにもない」

お梶がつぶやいた。

「なんにもないわけないだろう。人が一人死のうとしたんだよ」

「なんにもない。お金もない」

お金もない？　富蔵は最後におひろに渡した一分が身上だと言っていたが、いま、紙入れの中に一分しか残っていないというだけで、家に帰れば金はあるんだろう。

「金がないから死ぬって？」

おひろが聞いたら、お梶は「うん」とうなずいた。

もしかしたら、ホントに身上を使い果たして、伊勢屋に死にに来たとでも言うのか。

お梶に聞いても埒《らち》があかないが、あとは、あさの指示で善助たちがなんとかするだろう。

おひろの仕事は、目の前で男が死のうとした遊女を安心させてやることだ。

「お前は何も悪くない。何も悪くないんだ。富蔵は助かった。だから、心配することは何もないんだよ」

そう言って撫でてやるくらいしか、今のおひろには何も出来なかった。撫でてやれるのは、伊勢屋にはおひろしかいないんだ。

しばらくして、おひろと善助、若い衆頭の徳蔵爺さん、それに、茂蔵と赤兵衛が傳右衛門に呼ばれた。

「今、和助を川越に行かせた。うっかりした者を行かせるより、野郎なら確かだ」

そこまで言うと、傳右衛門は、あとの面倒なことは頼むよ、という顔であさを見た。あさは「しょうがないね」という面持ちで口を開いた。

「いいかい。富蔵さんのことは一切口外無用だよ。今度のことは善助に任せる。おひろ、女たちが動揺しないように頼む。徳さん、茂蔵、赤兵衛、お前たちは善助とおひろが手が離せないぶん、働いとくれ」

おひろも若い衆たちもただ黙ったままだった。

「何を黙ってやがるんだ」

傳右衛門は中っ腹になった。

「女郎屋に休みなんかねえんだ」

「へえ」

徳蔵が言い、茂蔵と赤兵衛が頭を下げた。

「徳、頼んだぜ」

傳右衛門より年上の徳蔵には、少し慇懃《いんぎん》に言った。

「おい」

徳蔵は茂蔵と赤兵衛を連れて出て行った。

おひろも頭を下げて続こうとしたら、

「おひろ、お梶は大丈夫かい」

あさが聞いた。

「今日は休ませてよろしいでしょうか」

「そうしておやり」

「あと、お梶には誰か付けてやりたいと思いますが」

おひろが言ったので、あさは傳右衛門を見た。

お梶を休ませた上に、まだ誰か女を休ませるのか。傳右衛門は嫌な顔をした。

「お引けまでは、手の空いた女の子に交代で見させます」

おひろが言った。

「そうさせておくれ」

あさは傳右衛門とおひろの顔を交互に見て言った。

行灯に明かりが入る頃には、伊勢屋にもお客が来はじめる。

富蔵は若い衆の部屋へ移した。逃げられては困るから、善助と佐七が二人で見張った。和助が川越から戻るまでは、居てもらわなければ、ことが公になる。ことと次第によっては公にしなければならないが、穏便に済ませられるなら済ませたい。

「なんで死なせてくれなかった」と富蔵が言ったので、善助はさらに二発殴った。

「死ぬなら勝手に千住大橋から身を投げやがれ。女郎屋の梁に首括られたら、こちとら商売に関わるんだよ」

そう言われて、富蔵は黙った。

佐七は何も言わなかった。

善助は一人、もくもくと煙草を吸っていた。

「和助が戻りました」

茂蔵が声を掛けた。

「佐七、野郎を逃がすなよ」

善助は傳右衛門の部屋に急いだ。

傳右衛門、あさ、徳蔵、おひろ、和助と、見知らぬ番頭風の初老の男がいた。

初老の男は富蔵の家の者だろう。

「この度は若旦那様がご迷惑をお掛けしました」

初老の男は頭を下げた。

富蔵は川越の豪農の跡取り息子だった。

ある男が突然訪ねて来て、江戸に芋屋を開かないかと持ち掛けた。今、江戸で芋屋が人気。日本橋の一等地にたまたま間口二間の店が空いている。ここで川越本場の芋屋の看板を出せば儲《もう》かる。というよりも、川越本場の芋の宣伝になって、江戸中の芋屋が川越の芋を扱うようになる。川越の百姓すべての利益になる。

富蔵は、自分が商売を仕切りたいと父親に言い、三十両の金を懐に、手代の宗《そう》吉《きち》を供に江戸へ出た。日本橋の店の立地はよく、ここで芋屋をやれば、確かに売れるだろうと思った。借り賃の手付けで二十両を男に渡した。男は「折角お江戸に来たんだ。若旦那、ここは私が吉原というところへご案内いたしましょう」と言い、富蔵を連れ出した。

手代の宗吉には一足早く川越に帰るよう言った。宗吉というのが目端の利く男だった。その晩は馬喰町《ばくろちょう》の木賃宿に泊まり、翌朝早く、日本橋の店の大家に会い話をするに、店はすでに借り手が決まっている、芋屋に貸すつもりはないと言う。富蔵は男に騙されたのだ。

宗吉は吉原に飛んで行った。宗吉が走って来たのを見て、男は裏の梯子段から逃げた。

男を探したがどこにもいない。二十両を騙し取られ、しかも夕べ吉原でドンチャン騒ぎした金が七両といくらか。それも富蔵が払った。

「とりあえず川越に戻って、それからお役人に訴えましょう」

宗吉に言われて、大門《おおもん》を出たが、しばらく行って、富蔵は厠に行きたいと言い、近くの長屋の厠を借りに入ったが、いつまで経っても出て来ない。富蔵もそのまま姿を消したのだと言う。

「つまり二十両騙し取られたのが悔しいってんで首を括ったと？」

善助が聞いた。

「はい。責任感の強い若旦那様ですので」

番頭が答えた。

責任感が強いのか？　聞いた感じでは、富蔵の家は二十両くらい騙し取られても困るような家ではない。二十両は大金だが、帰って頭を下げれば許されるはずだ。富蔵は百姓の家の跡取り、死なれたほうが親は困るだろう。

責任感が強いんじゃない。親に怒られるのが嫌で帰るに帰れない。千住の旅籠で悩んでいたが、とうとう持ち金が尽きたんで首を括ろうとした。呆れ返った馬鹿だ。

「事情はわかりましたんで、どうぞ富蔵さんをお連れください」

傳右衛門は言った。

番頭は黙って頭を下げた。

「お互いにこんな話が世間に知れたら恥になる。内密に願いますよ」

傳右衛門は念を押した。

おそらく日本橋の芋屋の件も役人には訴えないだろう。訴えて金が返るわけでなし。跡取りの富蔵の傷にならないよう、ことを収めるのだろう。

番頭は駕籠《かご》を呼んでいた。川越まで駕籠で帰るのか。駕籠の後に若い小柄な男が付いていた。あの男が宗吉だろうか。

善助と佐七が富蔵を連れて来た。

富蔵は帰るのを嫌がったが、善助が拳を上げたら従った。殴られるのは嫌だったようだ。

「悪かったな」

玄関で善助は小声で富蔵に言った。富蔵は黙っていた。富蔵にとっては、二十両騙し取られたことより、善助に殴られたほうが痛かったのかもしれない。まぁ、これで親にどれだけ怒られようと、首を括ることはあるまい。

伊勢屋は何事もなかったかのように、商売を続けた。

お客や女たちの喚声が響いた。

「おひろさん、ちょっと。お梶ちゃんが話があるって」

お梶には女たちが交互でついた。お梶と年齢の近いお市がおひろに声を掛けた。

「いま、行く」

おひろは答えた。

「こっちは任せろ。俺もお梶が心配だ」

善助が言った。

あら、妙に優しいね。そう言えば、五日前だ。お梶が廻しを嫌がった日に、富蔵が来たんだ。善助も何か気に掛かることがあるのか。いや、善助が優しい気持ちになっているのは、もしかしたら、本宿の芋屋の女と何か進展があったのかもしれない。まぁ、善助が芋屋の女とどうなろうと、知ったことではないが。優しい気持ちになれたとしたら、それはそれで嬉しいことだよ。

「私が死にたいって言ったんだ」

おひろがお梶の部屋に行くと、鏡台の前に座ったお梶がポツリと言った。

どういうことだい。お前が死にたいって、まさか。

お梶が惚れていた半兵衛が嫁をもらったことを、お文から聞かされたのが五日前だ。

とりあえず、廻しをとった。三人目の新しい客の富蔵の部屋に行ったら、富蔵は鼾《いびき》をかいて寝ていた。このまま自分の部屋に帰ろうかと思ったが、初回で来て、伊勢屋は女が顔も見せない、なんてどっかで言われても癪《しやく》だから。そのまま富蔵の布団に入った。ちょうど富蔵が左向きで寝ていたので、お梶は右側に入り背中合わせになった。

「やっと来たのか」

しばらくして富蔵が背中を向けたままつぶやいた。

寝てはいなかったのか。

「もう遅いからこのまま寝ない？」

とお梶が言ったら、

「そうだな」

と富蔵は言った。

お梶は目をつぶって寝ようとした。しかし、半兵衛の面影が目の前にちらついた。

半兵衛とはただの遊女と客の間だ。言い交わしてもいないし、別に真夫《まぶ》というわけでもなかった。ただ、男前の半兵衛が来ると、嬉しかった。月に一度か二度の逢瀬が幸福な気分にさせてくれた。

そしてもしかしたら、年季が明けて、半兵衛のところに行かれたらと思うようになった。だが、夢が破れた。しかも半兵衛の口からでなく、朋輩《ほうばい》のお文の口から聞かされたのだ。

嫁をもらったからと言って、半兵衛が二度と来ないわけではない。友達の由蔵はお文の馴染みで、時々来るだろう。半年もすれば、由蔵に誘われて、おそらく半兵衛は来るだろう。ただの客として。もう夢を見ることは出来ない、ただの客として来るだけだ。

なまじ顔を見るのが辛いよ。お梶は思った。

だから。

「死にたい」

とポツリと言ってしまった。

「死ぬのか?」

富蔵が言った。

あら、嫌だ。変なことを聞かれてしまった。

ただ口から出た戯言《ざれごと》です。お気になさらないで、と言おうと思った。

「俺も死のうと思ってるんだ」

富蔵が言った。

「だが、今日明日では死ぬに死ねなくてね」

この世に未練があるのか。死ぬのが怖いのか。

そう言われれば、お梶にも未練はある。おひろにもらった芋もまだ半分、部屋に置いたままだ。

「四、五日居続けをする金はあるから、その間一緒にいておくれ」

お梶は布団の中で軽くうなずいた。おそらく、背中合わせで、体の動きでうなずいたことが伝わったのだろう。

「なるべく楽しく過ごしてさ、四、五日して決心がついたら一緒に死のう。心中と浮名《うきな》が立つよ」

そう言うと、しばらくして、富蔵の寝息が、お梶の背中に伝わった。

なんだろう。怖いのかと思ったら、度胸よく寝たのか。いや、おそらく、ここに来るまでにいろいろあって疲れていたのだろう。そのまま寝かせてあげようと、お梶は思った。そう思うと、安心したのか、もうお梶の目の前に半兵衛は現われなかった。そのままお梶も眠りに落ちた。

「そうやって、今日まで、富蔵さんと一緒に過ごしました」

お梶は言った。

「ええ。富蔵さんは半さんとは似ても似つかない。そんなことはどうでもいいんです。一緒に死んでくれると富蔵さんが言うから、ほんの少し安心で。夜もちゃんと寝られたんです」

「富蔵さんがなんで死にたいのか、聞いたのかい？」

さぁって薄情な。一緒に死んでくれる男の理由を知りたいと思わないのか。

「さぁ」

「ただ、もうお金がないから、家には帰れない、と言っていました」

「富蔵さんは、お前になんで死ぬのか聞かなかったのかい」

「おひろさん、何年、おばさんやってるんですか？」

そう言って、お梶は笑った。

「遊女が死ぬ理由なんて、男以外、何があるんですか？」

確かに。金が敵《かたき》で死ぬというのもないわけではないが、なんで金が敵になるかと言えば、男に貢ぐからだ。それはいつも、おひろは気に掛けていた。吉原でも、男に貢いで借金を重ねていった女を何人か見ている。

千住でも以前にいたんだ。おばさんになってすぐの頃だった。お艶《つや》という女が男に貢いでいた。並の金額でなく、すぐにわかった。善助に相談したら、善助は「旦那や女将さんには言うな」と言い、徳蔵に相談し、次の日から男は顔を見せなくなった。

だいたいわかっていた。徳蔵が揉め事に長《た》けた誰かに頼み、男に因果を含ませた。お艶には他人事《ひとごと》で、「男の気持ちは変わりやすいから、金では止められない」

と話した。

そうだよ。遊女が死ぬ理由は「男」しかない。

そして、男の死ぬ理由は、たいてい「金」だ。あるいは、「名誉」「自尊心」。富蔵はそれなりに親に期待をされていたのだろう。それが簡単に大金を騙し取られた。怒られるのが嫌なんじゃない。親の期待を裏切った「自負」で死のうとしたんだ。

だけど、富蔵は別の男のことで死のうという女と心中する気だったのか。

気持ちが自分にない女と一緒に死ねるものかしら。

案外、男には、気持ちよりも体裁《ていさい》にこだわることがあるのかもしれない。お梶と死ぬことが金でない、女と心中したんだと他人から見られれば、それでいいみたいなものが、あるんだろう。

いや、今となっては、富蔵の気持ちなんて、どうでもいい。

今朝、富蔵は最後の一分をおひろに渡した。おひろが部屋を出たあと、

「もう私は覚悟が出来ました」

と富蔵は言った。

「お梶、お前はどうする？」

「私も死にますよ」

「どうやって死ぬ？」

「剃刀が二丁ありますよ」

「痛そうだね」

富蔵は痛みに弱いのか。

「それに、切ってすぐに死ねればよし、なかなか死ねないって聞いたよ。誰かに見つけられると面倒だ」

「じゃ、あとは……」

お梶が天井の梁を見た。

首を括るには丁度いい。

丈夫そうな梁だが。

二人はぶるさがれるのか。

「俺から行くよ」

富蔵が言った。

「お前のしごきを貸してくれ。お前の想い出に」

「私はなんで首を括ればいいのよ」

「俺が死んでから、帯でも褌《ふんどし》でも」

「褌は嫌だよ」

「大丈夫だよ。新しいのをさっき締めた」

「新しくても嫌だよ。褌で首括るなんて」

「なら、帯でいいじゃないか。そこいらの猫じゃらしじゃねえから、切れること
はないよ」

　そう言って富蔵はお梶のしごきを借りて、梁に掛けた。

「お梶、楽しかった。最後のひと時をお前と過ごせた」

　富蔵は部屋の隅にあった小さな経机を持ってきて乗って、しごきを首に掛け
た。

「そしたら、佐七さんが飛び込んで来たんだ」

「お前は、大丈夫なのかい？」

　おひろが聞いた。半兵衛にふられて死のうと思った。一緒に死ぬはずの富蔵は
死ねずに助けられた。そして、川越に帰った。なんにもなくなった。

「大丈夫ですよ。憑物が落ちました」

　お梶は笑った。

「もともと遊女に売られた時に、全部なくなったんだから。品川で死んでもよかったんだけれど。品川は決して悪いところじゃなかったんです」

膳に毎日海苔《のり》がついた。そして、魚がうまかった。

そうなんだ。話を聞いて、おひろも吉原から品川に住み替えればよかったと思った。あの時は、千住は吉原に近いから、なんかの時に吉原の客が来るんじゃないかと思ったが、吉原が好きな客は千住には来なかった。

「千住に住み替えてからも、おひろさんや朋輩は親切だし」

お梶は言った。

「なんか遊女って稼業も悪くないのかってね」

でもちょっとだけ夢を見ちまった。その夢が破れて、少しだけ捨て鉢になった。本気で死ぬ気でもなかったけれど、「死にたい」なんて口から出た。そしたら横に、たまたま死にたい男がいて、それだけの話だった。死んでもいいけれど、死ななくてもいい。

半兵衛のことはもう忘れた。富蔵がいなくなった今、死ぬ理由もなくなった。

「だから、もう大丈夫です」

そう言って、お梶は笑った。

「善助の兄貴のことですがね」

芋を食いながら、和助が言った。

「あっ、おひろさんもよかったら、どうぞ」

和助の横に藁紙に包んだ芋があった。

あー、自分で芋を買って、芋屋の女に根掘り葉掘り聞いてきたのか。

わかったよ。話を聞いてやるよ。

「ありがとう。聞こうじゃないか」

おひろは芋を一本取って、皮を剝いて食べた。和助は嬉しそうに笑いながら話しはじめた。

女の名はお政《まさ》。元は千住の桶職人の娘で、一度粕壁《かすかべ》の百姓に嫁いだが、子供が出来なくて帰されたそうだ。その後、縁あって、千住の八百屋の番頭と一緒になり、その番頭が暖簾分けして、芋屋の店を開いたんだという。

「出戻りまでは、あっしの推理も当たっていたんですがね、女は芋屋の内儀で、仲のいい夫婦らしく、夫婦別れはありません」

ということは善助の恋もじきに潰《つい》えるということか。

可哀想っちゃ可哀想だが、女が独り身だからって、善助の恋が成就する可能性は低いから、むしろよかったんじゃないか。

それはそれで、誰が善助の首に鈴をつけるかだ。

「おっと、いけねえ」

和助があわてて芋を口に放り込むと、その場を立ち去った。

「おい、おひろさん、何、ドジ棒なんか食っているんだよ」

善助が来て言った。

しょうがないね。しょうがないね。私が善さんの首に鈴をつけなきゃいけないのか。永い付き合いだ。

「和助さんが買って来たんだ。お前もお食べ」

藁紙に残った芋を善助に差し出した。

「ドジ棒なんか食えるか」

「おいしいよ」

「うまかろうと、男の食うもんじゃねえや」

「その芋屋で、何本も芋を買ってるのはどなたですか?」

「どの芋屋だ?」

「本宿の芋屋だよ。また和助さんが岡っ引き根性で調べて来たんだよ」

「和助が？　何を調べに行ったんだ？」

「芋屋の女のことをだよ」

「芋屋の女？」

善助が怪訝な顔をした。

「お前、惚れてるんじゃないのかい、本宿の芋屋の女に」

「本宿の芋屋って……」

善助が笑い出した。

「なんだよ」

「俺がドジ棒を買った店の女か？」

「そうだよ。和助がお前が惚れているって言うから」

「あれは妹だ」

「妹！」

芋屋の女が妹だってことよりも、善助に妹がいたことが驚きだった。

「俺にだって、親もいれば妹もいるよ」

えっ！　善助に親がいることも驚きだ。まぁ、親がいなきゃ、生まれては来ないんだが、親とか兄弟がいるようには、およそ見えない男だ。

「粕壁の百姓に嫁に行ったんだが、子供が出来なかったんで帰されてな。可哀想にと思っていたら、千住の八百屋の番頭と一緒になって……」

あらら。さっき和助が言っていたのと、まるまる同じことを善助は語った。

「前の嫁ぎ先で苦労した妹が、いま目と鼻の先で幸福に暮らしているのが嬉しくてな。ついつい妹の幸福な顔を見に芋屋に寄っちまったと、こういうわけだ」

なんだよ。善助の心温《あたた》まる話なんか聞きたくなかった。

でもまぁ、善助の妹だろうと誰だろうと、誰かが幸福だっていう話を聞くと、嬉しくなるよ。

遊女屋は女も客も、いつも夢を見る。夢はまれに成就することもあるんだ。おなかは久八と一緒になった。思い描いていた夢とは違うかもしれないが、よかったんだと思う。紫は早くに死んだが、少しでも惚れた男と一緒に暮らせたんだ。

少しは幸福だったんだろう。

お梶は……。半兵衛との夢は潰《つい》えた。でも、いつかまた別の男と夢を見るかもしれない。それがうまくゆくのか、また潰えるのか。先のことなんて誰にもわからない。

けれど、お梶だけでなく、伊勢屋のすべての女の夢を見届けよう、それが伊勢屋のおばさんの仕事なんだと、おひろは思った。

それからまた、二、三日して、芋俵を担いだ小柄な若い男が伊勢屋を訪ねて来た。

富蔵の家の手代、宗助だった。

「先日は若旦那様がご迷惑をお掛けしました。ほんのお詫びでございます」

「それはご丁寧にすみませんね」

傳右衛門もあさも出て来ない。おひろが応対した。

芋俵一俵がお詫びか。いくらくらいするのかわからないが、たいした金額ではなさそうだ。芋のために、わざわざ主人は出て来ない。

川越から担いで来たんだ。かなり重そうだ。小柄な宗助一人でよく担いで来られたものだ。しかも富蔵が騙されていたことを調べたのも宗助なのに、いままた富蔵の尻拭いで芋俵を担いで川越から来たんだ。

奉公人は辛いね。遊女も辛いが、堅気の奉公人も辛いものだ。

おひろは宗助が気の毒になった。茶でも飲んで行きなよ。いや、茶の一杯じゃ足りない。飯でも食っていくか、場合によっては女でも抱いて行くかい？　とでも言ってやりたいよ。

女たちが遠くから、若者と芋俵を見ていた。

手代だっていうから銭は持ってないだろうし、そんなにいい男でもないけれど、若い、一六、七歳だろうか。頭もいいし、忠義者だから、もしかしたら出世するかもしれない。この子に貢ぐんなら、私は止めないよ、とおひろは思ったが、あらら。女たちの視線は芋俵のほうらしい。

「では私は失礼いたします。旦那様によろしくお伝えください」

そう言って、宗助は帰って行った。

「茂蔵さん、芋俵を台所に運んでおくれ」

芋俵のことを若い衆に頼んだ。

あらら。帯にはさんであったよ、昨日客からもらった祝儀の天保銭《てんぽうせん》（天保時代に鋳造された百文の硬貨、約二千五百円）が一枚。せめて駄賃に、宗助にあげようか。

おひろは店を出た。

小塚っ原のほうに歩いている宗助の後姿があった。

「お待ちよ、宗助さん」

声を掛けたら、宗助がふり返った。

「何か御用で」

宗助が小走りで戻って来た。

おひろは天保銭を宗助の手に握らせた。

「駄賃だよ。帰りになんかお食べ」

「いえいえ、いただけません」

遊女屋の若い衆なら黙ってもらうが、百姓の家の手代はそうはゆかないのか。

商売によって、約束事が違うんだ。

「誰にも言わなきゃいいんだよ。持ってお帰り」

おひろが強く言ったら、宗助はうなずいた。

「あのおばさん……」

宗助がおそるおそる言った。

何か聞きたいことがあるのかい。

「女の人はどんな時に死にたいと思うものなんですか」

何を聞くんだろうね。この子は。そら、女が死ぬのは「男」が理由だろうけれど、一六、七歳の、ようやく前掛けが取れた子に、そんな話をしていいのかね。でもこの子は頭がいいから、話して聞かせてもいいのかしら。どうしよう。おひろが考えていると、

「若旦那様が言っていたんですが、女はささいなことで、死にたくなるんだねえって」

富蔵が何を言ったんだろう。お梶は富蔵に半兵衛のことは話していないと言っていた。

「どういうことだい？」

「布団の中で、懐かしい臭いで目が覚めたって」

「なんだい？」

「つまり、お女郎さんが、おならをしまして。それで、死にたいと言ったんで。若旦那、思わず、俺も死ぬつもりだと言ってしまったって」

まさか。女が死ぬ理由が、男以外にあったのか。

お梶はおひろがあげた芋を食べた。廻しをとって明け方、富蔵の部屋に行って布団に入った。そこで粗相をした。富蔵が寝ているから気が付かないと思い、半兵衛のことを考えて「死にたい」と言った。

富蔵はお梶が粗相を恥じて、「死にたい」と言ったと思った。

いや、おそらく、辛い時に、おならまで出て、お梶は「死にたい」と思ったのかもしれない。だけど、富蔵と話しているうちに、おならのことは忘れて、半兵衛への想いが「死にたい」と言わせたと思い込んだ。

思わず口に出るんだ。「死にたい」は。だけど、ホントに死にはしない。ましてや、おならで死ぬわけはない。女郎は強いんだよ。

馬鹿だね。ホントの馬鹿だよ、富蔵って男はさ。

でもまぁ、漢気《おとこぎ》はあるのかね。女の恥を黙って、見て見ぬふりをして一緒に死のうと思ったんだ。

「宗助さん、女はそんなことでは死にません。女が死にたくなるのは、夢破れて打ちのめされた時だけ。だから……」

まぁ、この子がそんなことはあるまいが、

「女泣かしちゃいけませんよ」

「はい」

ちょっと強めにおひろが言ったので、宗助は蚊の鳴くような声で答えた。

そして、ペコリとおじぎをすると、小塚っ原のほうへ小走りで行き、少し離れたところでふり返った。

「おばさん、ありがとう」

天保銭を手に、宗助は笑顔で大きな声で言った。

おひろが伊勢屋に戻ると、善助が怒鳴《どな》っていた。

「女が芋を食うんじゃねえ。客の前で粗相をしたら、どうするんだ」

粗相をしたっていいじゃないか。そんなことで、いちいち女も客も驚きゃしないよ。おならで首を括る馬鹿は富蔵くらいだよ。大丈夫だよ。

おひろは台所に行くと、手ごろな芋を五本ほど俵から抜き取った。

いま、蒸かしてやるから、皆で食べよう。

善さん、あんたのぶんも蒸かしてあげるよ。

甘くてうまいよ。それに幸福の味がする。

厄《やく》払い

すってんころりん。

勝手口の井戸端へ通じる細い路地に薄く氷が張っていた。

おひろはつるりとすべって転んだ。

「痛い」

「大丈夫ですか、おひろさん」

若い衆の茂蔵が走って来た。

「大丈夫。転んだなんて、誰にも言わないでよ」

「言いません」


「お前、今朝、井戸端で転んだんだって」

昼近く、女将のあさに言われた。

茂蔵の野郎か。他に見ていた者はいない。余計なお喋りしやがって。

「気をつけなよ」

「すみません。ご心配を掛けました」

「そんなことはいいんだけれどさ。時に、おひろ、お前、いくつになったんだい」

変な時に年齢《とし》なんか聞かないで欲しい。

だが、あさに言われれば、答えないわけにはいかない。

「三三歳ですよ」

「えっ、なら、お前、厄年《やくどし》かい」

厄年なんだろうか。そう言えば、男の厄年は四二歳、女の厄年は一九歳と三三歳だって聞いたことがある。

確か一九歳の時は、吉原の敷地の中にある吉原稲荷《いなり》で厄払いをしたんだった。

「厄払いはしたのかい」

「ええ。一九歳の時に吉原稲荷で」

「一九歳じゃないよ。去年前厄で、今年本厄、その厄払いだよ」

「忙しくて、そんな暇はありませんよ」

「なら、今から行っておいで」

「どこへ？」

「厄払いだよ」

何言ってるんだろうね、女将さんは。

いま、いつだと思っているんだろう。

師走《しわす》の十日だ。今年はあと二十日しかない。いまさら、厄払いして、どうなるんだ。

「お前、今年をふり返ってご覧、災難が多かったんじゃないかい」

そう言えば、初午《はつうま》に、おかしな人探しの客が来たりしたねえ。いや、あれは去年だったか。仲の良かった、おなかが年季が明けて、幇間の久八と一緒になったけれど、その久八が実は殿様で。あの時は宿はずれの一本桜がとても綺麗で。そうそう、最近では、浅草の播磨屋から二両の祝儀をもらって。案外、いいことばかりだったねえ。

「もし大きな災難がなかったとしたら」

あさが言った。

「残りの二十日で必ず大きな災難がふりかかるよ」

「まさか」

「その前兆が今朝のすってんころりんだ」

嫌だよ。脅かさないで欲しい。

「どうすればいいんですか？」

「行っといで、厄払いに」

厄払いに行くって、何をどうすればいいんだ。

どうしたらいいのか、困っていたら。

「夕方までに帰ってくればいいから。今から西新井《にしあらい》のお大師様《だいしさま》へ行っといで」

「西新井のお大師様ですか」

西新井は千住から一里とちょっと。女の足でも一刻は掛からない。今は昼前、行って帰って、むこうで一刻過ごしても、暮れ六つ前には戻れる。

「行っといで」

本宿に使いに行くのも面倒なのに。

一里ちょっと歩いてお大師様？

しかも今日はかなり寒い。

ちょっと待ってくださいよ。遊女だった紫が死んだ時に、皆で「南無妙《なんみよう》法蓮《ほうれん》華経《げつきよう》」、お題目を唱えましたよね。伊勢屋は日蓮宗《にちれんしゆう》じゃないんですか？　お大師様は真言宗《しんごんしゆう》ですよ。

「昔から、厄払いはお大師様と決まっているんだよ」

えーっ！　おひろは一九歳の厄払いは、お稲荷様でやった。

大丈夫だったのか？　まぁ、一九歳の時はたいした災いもなかったから、お稲荷様でもいいんじゃないか。お稲荷様なら、近所にもあるよ。

「お大師様に行っといで」

そんなの一体誰が決めたんだ。というか厄年っていうのも、誰が決めたんだよ。

「昔から決まっているの」

あさは紙に包んだ銭をくれた。

あら、お払いの銭は女将さんが出してくれるのか。それなら話は別だ。

その包みには少し余分に入っていて、西新井名物の草団子くらいは食べて来てもいいんですよね。

「お鶴《つる》とお染《そめ》が来年一九歳の厄年なんだ。お前、その銭で、お鶴とお染の厄も払ってきておくれ」

あー、そういうことか。

おひろはついでで、お鶴とお染の厄払いをして来いというわけね。

おそらく三人分の厄払い代だけで、草団子はなしね。

はいはい、わかりました。遊女の厄を払って来る、これはおばさんの仕事だ。

仕事なら、行きますよ。

「よろしく頼むよ」

一里ちょっと先とはいえ、それなりの足ごしらえはして行かねばならない。

「おばさんも何かとタイヘンだね」

善助が言った。

「タイヘンだよ。なんで私が行かなきゃならないのさ。お前が行けばいいんだよ」

「俺たちは何かと忙しい」

最近では仕事を、若い佐七に押し付けて、煙草ばかり吸っているくせに。

「なんか雪が降りそうだぜ」

「嫌なことをお言いだね」

そう言えば、寒いよ。ホントに雪が降ったら、面倒このうえない。

ますます行きたくなくなるが、女将に行けと言われりゃしょうがない。

「お気をつけていってらっしゃい」

善助はわざと慇懃《いんぎん》に言って、

「あー、忙しい、忙しい」

と、裏の空き地のほうへ行った。

なんのかんので昼少し過ぎに伊勢屋を出た。

千住大橋を渡って本宿、奥州街道から左に折れると、大師様まで一本道だ。

西新井大師は、五智山遍照院總持寺《ごちさんへんじょういんそうじじ》。弘法大師《こうぼうだいし》がこの地で疫病平癒《へいゆ》の祈禱《きとう》をしたところ、井戸より湧き出た水で、病は治ったという。弘法大師の建てたお堂が井戸の西にあったところから西新井となった。江戸時代から、女性の厄除けの寺として、多くの人に親しまれていた。

江戸はもとより関東一円から参詣人が集まったが、師走の、雪の降り出しそうな日には、参道に人も少ない。

おひろが西新井に着いた頃、ちらちらと雪が降り出した。

嫌だよ。早く厄を払って帰ろう。

厄払いの祈禱受付の建物があった。

厄払いに来る参詣人が多いから、わざわざ専門の受付所があるのは助かる。

今日は誰もいない。

「厄を払っていただきたいんです」

「こちらにお名前と生まれ歳、月日、生国を書いてお待ちください」

若い役僧から紙を渡された。

聞いてきた、お鶴とお染の生まれ歳、月日と生国を書いた。

自分のも書こうと思ったが。

「生まれ歳なんて書いたら年齢がわかっちゃうじゃないの」

思わず、つぶやいてしまった。

「ここに来るご婦人は、たいてい一九歳か三三歳です。歳はとっくにわかっています」

あー、そうか。つまんないことを言ってしまった。

紙を役僧に渡すと、

「順番でお呼びしますから、そちらでお待ちください」

順番って誰もいないじゃないか。

外を見ると、雪がどんどん強く降って来た。

早くしておくれよ。

じっと待っているだけでも寒い。

寺っていうのは寒いもんだとは知っていたが、外は雪だ。寒いのは仕方ないにしろ、雪が降っている中、また一里ちょっと歩いて帰るんだから、とにかく早くして欲しい。

役僧は奥に入ったきり、なかなか出て来ない。

奥で炬燵《こたつ》かなんかに入ってるんじゃないか。

自分だけずるいよ。

いや、厄を払う坊さんが、炬燵から出たくないもんだから、待たせているんだよ。まったく腹が立つ。

もしかしたら、たいして時も経っていないのかもしれない。だけど、寒いのと誰もいないところで待たされるのは、時間が経っているように感じる。

「お待たせしました。こちらへどうぞ」

本堂に通された。本堂がまた寒い。そして、厄払いの経がまた長い。

いや、黙って待っているよりはましか。この経が終われば帰れるんだ。

厄払いが終わって本堂を出たら、雪はどんどん降っていた。

外には人影すらなかった。

これは積もるかもしれない。

積もる前に早く帰ろうと思うが、体が冷え切っていた。ちょっとでいいから火が恋しい。参道の茶店は扉を閉めはじめていた。雪で商売にならないと思ったんだろう。ちょっと待ってくれ、傘もないんだ。扉を閉めかけていた茶店に飛び込んだ。

「いま閉めるところなんですよ」

親父がすまなそうな顔をした。

「傘おくれよ」

「それならお売りいたしますよ。そこにあります」

番傘があった。

「いくらだい」

「四百文（約一万円）です」

ゲッ、高い。番傘なんてえのは二百文が相場だ。ビニール傘なんてない江戸時代、傘は案外高かった。男は被り笠を被った。それなら安く済むが、髷を結っているから、女は被り笠は被れなかった。

最近ものの値段が上がっている。参詣客相手の店だから割高なのもわかるが、雪も降って来たんで、ふっかけていやがる。

「なら、いらないよ」

「そうですか。またのお越しを」

親父は言いながら片づけを続けている。

「いらない」って言ったらいくらか負けるかと思ったが、売る気もないんだね。

寒いよ。寒くてたまんない。

厄払いに来て、とんだ災難に見舞われた。

参道の店はどんどん閉まってゆく。

しょうがない。

急いで千住に帰ろう。本宿まで行けば、店も開いているだろう。そこでなんか温かいものでも食べて、少し休んで帰ればいい。

手拭で頬かむりして少し歩いた。

雪はどんどん積もってくる。足ごしらえはしてきたのだが、流石《さすが》に歩き難《にく》い。

それにやはり寒さでたまらない。

参道のはずれに一軒、「おでん・燗酒《かんざけ》」の店が開いていた。

地獄に仏だ。こんな店でも、とりあえず雪を避けられればありがたい。飛び込んだ。

雪を払って店の中を見たら。狭い店が結構混んでいた。

「すみませんねえ。満席でして」

親父が申し訳なさそうに言った。

まさか。満席だってんで、足弱の女を外に放り出そうというのかい。

いいよ。席なんかなくてもいい。酒もお茶もいらない。銭は払うから、半刻火の傍にいさせて欲しい。

そう言おうと思ったら。

「おひろさんじゃないか」

声を掛けられた。

誰だ。

あらら。伊勢屋に来る女衒《ぜげん》の与吉《よきち》だ。

女衒とは、遊女を店に斡旋するのが稼業。はっきり言って人買いだ。

寒村なんかをまわって、年頃の娘のいる家から娘を買って、遊女屋に売るんだ。あこぎな稼業には違いないけれど、食べ物にも困っているような家は娘を売って得た金で命を繋《つな》ぐこともある。

そういう世の中だから、女衒なんて稼業があるし。遊女屋はそこから女を調達して店に出している。世間の目からしてみれば、おひろと与吉は同じ穴の狢《むじな》なのかもしれない。

「こっちに来なよ」

「お連れさんですか、どうぞどうぞ」

親父は言った。

「そうですか、すみません」

狢の相席だ。それも一興だね。

おひろは客の席の間をぬって、奥にいる与吉の席へと行った。

醤油樽に腰を掛けていて、与吉の前には徳利が三本並んでいた。

おひろが与吉の前の醤油樽に座ると、

「まぁ、一杯いきましょう」と与吉が勧めた。

おひろは酒があまり得意ではなかった。

「体が温まるよ」

与吉の言葉に誘われて、猪口に注がれた酒を一気に喉《のど》に流した。

なるほど。体がカッと熱くなるのがわかった。

熱燗というのもあるが、これが酒の効能か。

「もう一杯行こうよ」

「やめておきます」

おひろは断わった。

酒を飲んで正体をなくした人を何人も見ている。

飲み慣れていないんだ。うっかりああなったら、わずかな道も帰れなくなる。

「私はおまんまをいただきます」

考えてみたら、昼前に伊勢屋を出た。朝飯を食べたきりだ。

「おい、親父、飯と……」

与吉が大声で言った。

「おひろさん、ここで会ったのも縁だ。私が奢《おご》りますよ」

「そんなの悪いわよ」

悪いと言いながらも、ちょっと、「しめしめ」とおひろは思った。

与吉は四〇ちょっと前だろうか。小柄で、目尻の下がった、人のよさそうな顔をしている。

娘を売る親も、この男なら娘には酷いことはしないだろうと思って売るのかもしれない。実際、与吉の客の遊女屋も伊勢屋のように、まっとうな遊女屋といってはおかしな言い方だが、そういう店を選んで相手にしている。遊女を折檻《せっかん》したり飯を食わさなかったりするような噂のある店には娘を連れては行かないようにしているのだ。

「魚なんか焼いてくれよ」

「鰤《ぶり》でよろしゅうございますか」

親父が言った。

「頼む。あと、俺に酒をもう一本」

与吉が頼んだ。

「おひろさん、大師様にお参りってことは、お前、厄年か」

嫌だね。この人は。人の年齢をでかい声で。

「私じゃないよ。店のお鶴とお染が一九歳の厄年でね。女将さんに頼まれたのさ」

「なんだ、そうか。いや、おひろさんは厄年には見えないから、おかしいと思った」

あら、そんなに若く見えるのかね。

世辞でもそう言われると嬉しいもんだね。

「お鶴は元気にしているか」

そう言えば。お鶴は一年前に、与吉が八王子《はちおうじ》のほうから連れて来たんだったね。

そうやって、心配してくれるのも、この人の情なのか。

「うん。最近ではいい客も何人かいてね」

「なら、よかった」

与吉は言うと、ふふふ、と笑った。

「親父、行くよ」

旅商人風の男が、銭を置いて立ち上がった。

「今日中に江戸に行こうと思ったが、無理かなぁ」

男は外を眺めながら言った。

「積もりそうですね」

銭を取りに親父が出て来た。

「千住に泊まったほうが利口だな」

「こつで今夜は女の子の布団《ふとん》で温《ぬく》まったらいかがで」

「馬鹿野郎、雪が降る度に女を買っていたら、こっちはお手上げだ。どっか木賃宿を探して泊まるさ」

そう言って男は雪の中を出て行った。

今日あたりは、こつも客は少ない。こんな日に行ったら、一晩中女と布団の中にいられるのに。おひろは教えてやりたかった。

「俺たちも帰るぜ」

五人で来ていた、近隣の百姓たちだった。

どうやら荷車で、千住に青物を運んだ帰りらしい。雪で寒いから立ち寄って、一杯だけ飲んでいたようだ。

「いつもありがとうございます」

「また来るぜ」

百姓たちは出て行った。

旅商人と百姓たちが出て行ったので、店はずいぶん空いた。

与吉とおひろ。その横に初老の武士、どっかの藩のご家中のようだ。

それに、旅商人が別々に二人いた。

「お待ちどお様」

親父が酒の徳利を与吉のところへ運んだ。

この店は親父一人でやっているようだ。

「飯が来るまで、どうだい」

与吉が酒をすすめた。

「止《や》めておくよ。それより、与吉さん、どうするんだい」

「どうするって？」

「雪ん中、どこへ行きなさる」

「奥州路《おうしゅうじ》へね。旅の前にはいつも大師様に寄ることにしているんだ」

信心深いことだ。まぁ、旅に出れば、何があるかわからない。無事を祈願するのは当然かもしれない。

「ちょっと飯に寄ったら、どんどん降って来やがるんで、どうしようかと思っていたところだ」

次の宿場の草加まで行くか、千住へ戻るか。

千住なら一里とちょっと戻ればいいが、草加だと二里とちょっと。だが、奥州へ行くなら、千住に戻ったら、明日また同じ道を通ることになる。

「雪次第だね」

与吉は言って、手酌で酒を飲んだ。

酒次第じゃないのか。

飯に寄ったが、飯なんか食べちゃいない。沢庵《たくあん》で酒を飲んでいる。寒いんで一杯のつもりが、徳利が並んじまったってところか。

「やはり、千住に戻ったほうがよかろうか」

隣の武士がいきなり声を掛けたので、与吉もおひろも少し驚いた。

「いや、すまぬ。わしも奥州路に行くところ。大師に旅の無事をと寄り、空腹を覚えたのでこの店に寄った。おぬしと同じじゃ」

と言って、武士は少し口元に笑みを浮かべた。

お武家はちゃんと食事をしたようだ。空の茶碗と椀、野菜の煮物かなんかを食べたのだろう、小鉢が置いてある。

酒は飲んでいない。寒いから飲みたいだろうが、昼間から飲まないのも武士の嗜《たしな》みなのか。

「千住に戻って、お楽しみというのもようがすよ」

与吉が言った。

「いやいや、公務であるから、それはならぬのじゃ」

と言って、また武士は笑みを浮かべた。真面目だが、気さくな人なんだ。「お楽しみ」の意味もわかっているが、怒ったりはしない。

「なら、お武家様なら、足腰も鍛錬されているでしょうから、草加まで行かれても大丈夫だと思いますよ」

「左様か。なら草加に参るとするか」

武士はそう言うと、銭を置いて席を立った。

「かたじけない」

武士は与吉に一礼して店を出て行った。

「驚いたねえ。えらく丁寧なお武家だった」

与吉が言った。

「それにお武家なのに、ちょいと口元に笑みを浮かべていたぜ。お侍が笑うのをはじめて見た」

「お侍だって笑うよ」

おひろが言った。

「まぁ、お武家にもいろいろいるからさ」

そうそう。酒売りや医者やって失敗して、幇間になった殿様もいたっけか。

「何がおかしいんだよ」

思わず笑みがこぼれたんだろうか。

「お待ちどお様」

親父が、飯と味噌汁、鰤の切り身を醬油で焼いたのを持って来た。

「お前も少し食べるかい」

勘定を払うのは与吉だから。愛想で言った。

「いや、いらねえよ。俺は飲む時は、あんまり食わねえんだ」

「それは体に毒だよ」

「おっ、気遣ってくれるのか」

「ご馳走になっているんでね」

「なんだ、俺に惚れたかと思った」

馬鹿をお言いでないよ。

女が惚れる顔かよ。

流石に口に出しては言わない。

確かに優しそうな顔はしているが。心根に惚れるのは長く付き合ってからで。

やはり女が惚れるのは顔じゃないかね。

そうね。初午の人探しの客、日向屋の時次郎は品がよくてさ、若い頃はいい男だったろうし、歳取っても、たぶんモテると思う。

禿《かむろ》のみどりはずっと、時次郎のことを想っていたんじゃないか。

「また、想い出し笑いをしていやがる」

与吉が言った。

鰤は脂《あぶら》が強くて決してうまいものではなかったが、醤油と脂の混ざった味は独特で、たまには食べてもいいかなぁと思った。

「鰤は魚の先生だよ」

「あら、知らなかった。鰤は魚の先生なのか?」

「本字で鰤はそう書くんだよ」

「そうなのかい」

女衒のくせに、なかなかもの識《し》りなんだね。

もの識りと言えば、おばさんになってすぐの頃だ。狂歌《きようか》の先生とばったり会ったっけ。千住大橋の袂《たもと》の、「おでん・燗酒」の店でいろんな話をした。あの先生もの識りだったけれど、鰤が魚の先生だっていうのは知っているんだろうか。

なんにせよ、もの識りと話すのは面白い。

「魚の字なんていちいち知らないよ」

「面白いぜ。魚屋の友達に教わったんだ」

なるほど。魚屋は魚の字も知っているのか。と言うか、

「私は魚の名前をよく知らない」

「知らないのか？」

「あまり食べないからね。鯛や平目《ひらめ》、秋刀魚《さんま》、鰯《いわし》くらいか。あとは鯨《くじら》か」

「鯨は魚じゃないよ」

「何馬鹿なことを言ってるんだよ。どっから見ても魚じゃないか」

やはり女衒だ。鯨を魚じゃないなんて。やはり、ものを識らない。肉だけ見て、本物の鯨を見たことないんだ。狂歌の先生とは違うね。

あれ？　考えてみたら、おひろも鯨を見たことはなかった。じゃ、なんで魚だなんて断言したんだ？　私は間違っていたのかしら。

「早く食っちまいなよ」

与吉が言った。

「俺は酒がおつもりだ。おひろさん、一緒に千住へ行こう。俺と道行きじゃ気にいらねぇだろうがよ」

「そんなことはないけれどさ。うちに泊まるのかい」

「ああ。お鶴の様子も見て、八王子の親に知らせてやりたいし、傳右衛門旦那の顔もたまには拝《おが》んでおかないとな」

主人の顔なんて、いつも苦虫を嚙み潰《つぶ》したような顔だ。なるべくなら、見たくはないよ。

あ、でも、傳右衛門の顔が一番しかめ面だったのは、浅草の海苔屋の播磨屋光太郎が紫を身請けする直前に亡くなった時だ。幽霊騒動で客足が落ちると心配して、すごいしかめ面していた。

「あはははは」

あのあと、もの見高い江戸っ子の客が詰め掛けて、あの顔が恵比寿顔になった時のことを思い出したら、笑いが声になって出た。

「気持ちが悪いなぁ」

「なんで笑ったか、道々話して聞かせてやるよ」

そうだよ。雪の中、黙って歩いていたら、寒い。道連れが出来て、無駄話をしながら歩いたら、少しは寒さしのぎになろうってもんだよ。

飯を食べ終わって、お茶を飲んでいたら。

ガラガラガラ。

扉が開いて入って来たのは、さっき出て行った武士だった。

「旦那、お忘れ物ですか」

親父が声を掛けた。

「ご主人すまぬ。草鞋はあるか」

「ございますが」

「いやいや、一町ほど行ったら、草鞋の紐が切れた」

「それは難儀で」

親父が新しい草鞋を持って来た。

「二十文頂戴してよろしいでしょうか」

「かたじけない」

武士は銭を払って、草鞋を履きなおした。

「旦那、雪はどうです?」

与吉が武士に聞いた。

「いや、さっきよりも酷《ひど》くなってきたな。吹雪《ふぶ》いて参った」

これは夜まで止みそうもないだろう。

「俺たちも行くか」

与吉がおひろに声を掛けた。

「親父、いくらだ」

「へえ」

親父が算盤《そろばん》を持って出て来た。与吉の前には沢庵以外に空の小鉢があった。なんだ、おひろが来る前になんか食べていたんだ。親父が算盤をはじき出したが、あまり計算が得意でないらしい。

小鉢の他にもなんか頼んだのかもしれない。おひろの鰤や飯の値段もあるので、余計に計算が難しいようだ。

「いいよいいよ。これで釣りはとっておきな」

与吉は銀貨を親父に渡した。

「こんなにもらっちゃ」

「いいってことよ」

なんとなく、武士も、二人の商人も与吉と親父を見たように思った。

「なら、これをお持ちなさい」

親父が古びた番傘と提灯《ちょうちん》を持ってきた。

「かえって悪いな」

「お女中は傘をお持ちでない」

「助かるよ」

「あんた、今日は千住に泊まって、明日、奥州に行くって言っていたろう。もしついでなら、傘と提灯を返しに寄ってくださいい」

「あー、わかったよ。持ってくるよ」

言いながら、与吉は蓑《みの》を着た。

「お気をつけて行きなされ」

武士が声を掛けた。

ホントに丁寧なお武家様だよ。

そうだ。お武家は昔からもの識りだ。ちょっと聞いてみようかね。

「お武家様、つかぬことをうかがいますが」

おひろが聞いた。

「なんじゃ」

「鯨ってえのは魚でしょうか？」

「……」

いきなり聞かれて、武士は答えに窮《きゅう》したようだ。

あら、お武家なのに、知らないのかね。

「馬鹿なことを聞いてるんじゃねえよ。お武家様、すみません。おい、行くぞ」

与吉がおひろの袖を引いたので、二人は表へ出た。

寒い。

与吉は蓑笠を着て提灯を持ち、おひろは番傘を差して表に出た。

武士の言う通り、少し吹雪いていた。

「とりあえず本宿までは行こう」

「そうだね」

傘を少しつぼめて、おひろは与吉の後を歩いた。早い話が、与吉を風除けにした。

とは言え、寒さしのぎに無駄話なんか出来やしない。

あたりは雪で、少し暗くなりかけていたから。親父に提灯を借りて助かった。

遠くに千住の街の灯りが見える。

「遠いようで近いと思う」

おひろを元気付けるように与吉が言った。

「それにしても酷い傘を貸しやがったなぁ」

おひろが差している傘はところどころ穴のあいたボロ傘だった。

こんな傘だったら、「返す必要はありません」と言ったっていいじゃねえか。

「こんな傘でもね、ないよりはましだよ」

確かに。ないよりはましだ。

それだけ言ったら、あとは無駄口なんか聞けなかった。

冷たい吹雪。

まわりは畑で直撃してくる。

そして、雪も積もりはじめて、ぬかるみも多く足をとられる。

なんとか二、三町は歩いた。それでも千住の街はなかなか近付いては見えない。

あたりに人はまるでいなく、ただ二人の足音と、吹雪の音だけがした。

「まぁ、むこうに千住の街が見えているんだ。間違うことはない」

与吉が言ったが、おひろは頷くしか出来なかった。

さらに一町ほど行った時。

うしろから早足の足音が二つした。

誰か二人組が急ぎ足で来るようだ。

編笠をかぶった二人組。だが、一人が急に小走りになり、おひろと与吉を追い越した。

追い越した男は少し先で立ち止まった。

なんだ、あいつは？

そう思っていると、後の男が、

「待て」と声を掛けた。

「待て」だと？　与吉たちに言っているのか。追い越した男に言っているのか。

与吉たちに言っているとしたら、見ず知らずの者に「待て」という言い草はない。そう言って呼び止める奴の用とはひとつ。追剥《おいはぎ》だ。

まずい。あたりに人もいなく、しかも与吉は女連れだ。

「懐の金を寄越《よこ》してもらおうか」

後の男は手に匕首《あいくち》を持っていた。

逃げようと思ったが、前方には先ほど追い越して行った男が立ちはだかる。前の男も匕首を持っていた。

あらら。こやつらは与吉の懐に金があると見たようだ。

「何かの間違いだ。俺は金なんか持っちゃいない。あり金はこれで全部だ」

小粒が三両ほど入った紙入れを、与吉は雪の上に投げた。

「おい、手前が女衒だっていうのはわかっている」

前の男が言った。

「俺の睨みでは、胴巻の金は二百両。それを残らず出せと言っているんだ」

この二人は……。さっきの「おでん・燗酒」の店にいた旅商人風の男だ。別々に座ってアカの他人に見えたが、仲間だったのか。

与吉の話を聞いていたんだ。これから奥州路、女を買いに行く女衒だ。確かにかなりの大金を持っている。だが、与吉が匕首で脅されるくらいでは金なんか渡すわけがない。

「ほう、二百両とはいい読みだ」

与吉が言った。

「その読みが出来るってことは昨日今日の追剝じゃねえな。ということは、金を渡さなければ、ホントにズブリか」

「そこまでわかっていれば、すぐに金を出せ。俺たちも命までは取りたくねえ」

「そうは言っても、はいそうですか、と簡単に金を渡すわけにはいかないよ」

「何を！」

「おひろさん、逃げろ」

そう言うと、与吉は後の男のほうへ走った。

後の男は、まさか与吉がむかって来るとは思わなかったのだろう。あとずさりして足をとられて雪の中に倒れた。

そんな与吉さん、逃げろったって、私はどうやって逃げればいいんだ。おひろはとりあえず、逃げ道を探そうとした。

与吉は強かった。雪に足をとられて倒れた男を押さえ込み、匕首を奪った。

一方のおひろ、逃げようと思ったところを、もう一人の男に手を摑《つか》まれた。

男はもう片方の手に匕首を持っている。

「おい、女衒、この女がどうなってもいいのか」

「おひろさん、逃げろって言ったのに」

逃げろって言われても、道は一つ。後では与吉と男が争っている。前ではこの野郎が匕首を持っている。逃げるところなんかないよ。

「匕首を捨てろ」

おひろの手を摑んだ男が怒鳴った。

「やり手婆なんぞは女衒と同じ穴の狢だ。ぶっ殺しても誰も文句は言わねえだろう」

そうなんだ。私が死んでも、誰も文句を言ってくれないんだ。

傳右衛門は文句くらい言うかもしれないが、傳右衛門もあさも、他のおばさんを探して、それでお仕舞いだろう。善助や和助たち若い衆、遊女たち、お客さんも、おばさん一人殺されても、別に文句も言わなきゃ、哀しみもしないってことか。

なんか急に寂しくなってきた。

「わかった。おひろさんは関係ない」

与吉は奪った匕首を雪の上に投げた。

与吉さん、私のことなんてどうでもいいんだよ。私が死んでも誰も文句も言わないならさ。死んでもいいよ。それより、こいつらにお金を盗られたら、そのほうが悔しいから。お金は渡さないでね。

「しょうがねえ。見込まれちまったんだ。仕方ねえよ。油断したこっちが悪い。まさか千住から一里のところで追剥に遭《あ》おうとは思ってもいなかった」

「何をぶつぶつ言ってるんだ。婆殺すぞ。早く金を寄越《よこ》せ」

婆殺すぞ？　確かに遣り手婆には違いないが。厄年の女に婆はなかろう。厄年？　これが厄か。いや待て、厄払いに行かなきゃ、こんな目には遭わなかったのに。払ってこの様だ。払っても払いきれないのが厄なのか。

与吉は腹のドンブリから胴巻きを取り出した。ずっしりと重そうだ。

「お前、それをこっちに持って来い」

おひろに匕首をつきつけていた男が後の男に指示した。

だが、後の男は指示を無視して匕首を拾った。その匕首で何をする気だ。

「おい、女衒、金で女を売り買いして、何人の人を哀しませれば気が済むんだ」

男の声はふるえていた。

「女を店に出せば、大勢の男が涙流して喜んでいる」

与吉が男に言った。

「女の哀しみもわからねえ手前《てめえ》だけは許せねえ」

男が怒鳴った。

哀しみがわからないわけがないじゃないか。おひろも与吉も、何年もこの仕事をしているんだ。おひろは遊女もやっていたんだ。わかった上で、日々働いている。そこしか居場所がないからだ。そして、女たちだって、そこしか居場所はないんだよ。

あんたたちは他に居場所があるだろう。でも自分の意思で追剝なんかやっていやがる。人に匕首突き付けて、偉そうなこと言って、金だけ持って行きやがる。そんなね、ただ他人の金を力ずくで奪おうという追剝に「許せない」なんて言われる覚えはない。

だが、「手前だけは許せねえ」と言った男の怒りもまた本気のようだ。

男は匕首を両手で握り締めて、与吉に突進した。

「おい、よせ」

と言ったのは、おひろに匕首を突きつけていた男だ。

与吉に突進した男だが、やはり雪に足をとられ、たいした勢いがつかなかった。与吉は避けたが、完全には避けきれなかった。男の匕首は与吉の脇腹に刺さった。

雪が真っ赤に染まった。

おひろが悲鳴を上げた。

おひろに匕首を突きつけていた男が一瞬ひるんだ。与吉を刺した男の行動が予想外だったことと、おひろの悲鳴に驚いたのだ。

おひろは男を振り払い、与吉のもとへ走った。

「婆、待て！」

男もおひろのあとを追ったが、二人とも雪に足をとられて速くは歩けなかった。

ガツンという鈍い音がした。

なんだ！　と思ったら。

与吉を刺した男が雪の上に倒れた。

与吉が胴巻きで刺した男の頭を殴ったのだ。胴巻きには小判や銀貨が詰まっているから、これで殴られたら、かなりの衝撃だ。

与吉は刺されたが、男が雪に足をとられて勢いがなかったのと、身を躱したことで、傷は浅かったようだ。

与吉は逃げてきたおひろを庇《かば》った。

追ってきた男は最初の男よりも場数を踏んでいるようだ。匕首の使い方にも慣れ、ゆっくりと間合いを詰めている。与吉の隙を見つけ急所を刺そうと狙っている。与吉は浅手とは言え刺されて、しかも、おひろを庇いながらだ。これは、やられる。

そう思った時、

「待て」

声がした。

声を掛けたのは、「おでん・燗酒」の店にいた武士だった。五、六間先から与吉たちが危ないと思い声を掛けたようだ。

「侍か。邪魔しやがって」

男はきびすを返して逃げた。

追って来た武士も雪に足をとられてなかなか進まないが、逃げる男も遅かった。

千住のほうから来る提灯の灯りが遠くに見えた。

あれは……。

「尾張屋さん！」

おひろが叫んだ。

提灯の紋が、丸に二引両、尾張屋の家紋だった。千住の宿役人から十手を預かっている尾張屋の手先のようだ。

尾張屋と聞いて、

「尾張屋……」

男は言うと道をはずれて、畑に逃げた。

尾張屋が御用聞きであると知っているのか。

「賊はあっちです！」

おひろがさらに叫ぶと、提灯を持った男たちは畑のほうへ走った。

「大丈夫か」

武士は与吉に言った。

「あっしは大丈夫です。賊を」

「おぬしは決して大丈夫ではない。傷の手当てをせねば」

武士は自分の荷物の中からさらしを出して与吉の傷に当てた。

「すみません、お武家様」

「かまわぬ」

武士は手当てを続けた。

おひろは畑に逃げた男を見ていた。尾張屋の手先がどんどん距離を縮めて行った。

何かを感じた。

えっ？　まさか……。

さっき与吉が倒した男が起き上がった。

男はまだ匕首を手にしていた。与吉の手当てをしている武士の後に立った。

「……！」

おひろが気付いたが声にならなかった。

「だーっ！」

男が武士に匕首を突き立てた。

その瞬間、男の体が宙に舞い、雪の中に落ちた。

武士は柔術の技で男を投げた。

「こんな匕首でむかってくるとは、武士も舐められたものだな」

武士は男の腕を摑み、匕首を取り上げた。

「侍の癖に、なんで女衒に味方しやがる」

男が吐き棄てるように言った。

「わしは誰の味方でもない。ただ、人殺しは許すわけには参らぬ」

「くそーっ」

男は涙を流していた。

「お武家様、ありがとうございます」

おひろはとにかく礼を言わねばと思った。

「いやいや、たいしたことではない」

武士は言った。

「でもお武家様、草加に行くとおっしゃっていたのに、なんで、こっちに見えられたのですか」

「いや、お女中がさっき、わしに聞いたろう」

「えっ？」

「鯨は魚かと」

「はい」

「急に聞かれたので、言葉に窮《きゅう》したが、知らないで答えられなかったと思われては武士の面目に関わるゆえ、おぬしたちを追って来た」

あらら。面目のために、雪の中、まわり道をして来たのか。お侍の考えることはわからない。

「つまんないことを聞くな」と与吉は言ったが、つまんないことを聞いたから、と命拾いしたんだ。

「よいか、お女中、鯨は魚ではない。牛や馬の仲間だ」

もう、そんなことはどっちでもいいよ。

千住の番所。

おひろと武士が呼ばれた。

与吉は尾張屋で傷の手当てを受けていた。やはり傷が浅かったのと、武士が血止めをしたので、助かったようだ。

尾張屋三右衛門の手先の幸助《こうすけ》と貫太《かんた》が現われた。

「逃げた野郎は無事捕まえました」

幸助が言った。

捕まえた賊は、鼬《いたち》の留吉《とめきち》という、ちょっと前に川越あたりを荒らしていた賊の一味で、賊の首領は捕まったが逃げていた手下の一人。貫太が板橋の捕吏《ほり》、相模《さがみ》屋長兵衛《やちょうべえ》から賊の人相書きを預かって来て、その写しを近隣に配ったところ、留吉に似た男を西新井で見掛けたという知らせが入り、幸助と貫太で西新井へ向かう途中、追剝の現場に遭遇したというわけだ。

「もう一人は何者でござるか」

武士が聞いた。

「たまたま、西新井の店で行き合った者らしいです。名は作蔵《さくぞう》。元は奥州の百姓で、江戸へ出て古着の商いをしていたようです」

幸助が答えた。

与吉とおひろが店を出たあと、留吉が作蔵を誘ったらしい。

「野郎は女衒で懐に大金がある。二人で山分けにしないか」

一人では不安だった。二人掛かりならやれる。懐は二百両。どうだ。

「女衒」という言葉に作蔵は乗った。

作蔵はかつて年貢のために妹を売ったことがあった。

「妹はどっかの宿場の女郎屋で、病にかかって死んだらしい。だから、女衒を逆恨みしていたんだ」

妹と同じ境遇の女を売って、儲《もう》けた金で酒を飲んでいた。そこへ同じ穴の狢と遊女屋の遣り手まで現われた。二人でなんか話しながら笑っている。それがたまらなく憎かった。

留吉に誘われ、与吉から金を奪って、妹の仕返しをしたいと思ったらしい。留吉はただの金目当て。作蔵は与吉とおひろを恨んだ。

「とんだ災難だったな、おひろさん」

幸助が言った。

「金に迷ったわけではない、というのが不憫《ふびん》であるな」

武士は言った。

不憫かもしれないが。女衒や遣り手だというだけで命を狙われては、私たちのほうが不憫だよ、おひろはちょっと中っ腹になって武士を見た。

でもまぁ、このお武家のおかげで命が助かったんだ。そう思うと、「不憫」くらい言っても怒ることはあるまい。

「あの者たちはどうなりますかな」

武士が聞いた。

「江戸に送られて奉行所のお裁きを受けます。鼬の留吉は川越で人も殺めております。おそらくは死罪になるでしょう」

江戸に行って、また千住に戻って来るのか。

「作蔵はおそらく、島流しでしょうな」

あそこで留吉に会わなければ、おそらくこんな真似はしなかったろう。妹を売って命を繋いだ過去から逃れて、江戸に出て商人になった。努力して積み上げて来たものを失った。確かに武士のいうように不憫には違いない。

「お武家様、何かお礼をしたいのですが」

「礼には及ばぬ。武士の務めである」

「せめてお名前を」

「白河《しらかわ》藩士、黒川重太夫と申すが、国表に帰るゆえ、もうおぬしたちと会うことはなかろう」

そう言って武士は笑った。

「厄払いに行って、雪に遭うわ、追剝に遭うわ」

そう言って善助は大笑いした。

「まぁ、でも命が助かったのは、厄払いしたおかげだよ」

あさが言った。

そうかもしれないが。

あさが厄払いに行けと言わなかったら、雪にも遭わず、追剝にも遭わなかったのに。

「でも与吉さんが助かってよかった」

と言ったのは、与吉が八王子から連れて来たお鶴だ。

遊女に売られて不幸になる女もたくさんいるが、それでも生きている。自分が売られなかったら、一家心中していたかもしれない女だっているんだ。

感謝されることはなくても、恨まれるようなことはしていない。

おひろが厄払いに行って、黒川重太夫に「鯨」のことを聞かなかったら、与吉は殺されていたかもしれない。

してみれば、やはりおひろは大師に行ってよかったのか。

何もかもが全部、運命なのかもしれない。

「御厄《おんやく》払いましょう、厄落とし」

年の瀬には、厄払いという商売の者が街を行く。あちこちの厄を払って歩く。

「ねえねえ、あの厄払いって商売の人は、年の瀬以外は何をしているの？」

若い遊女のお染が聞いた。

「正月になったら、七福神のお宝を売るんだ。で、二月には、二月には何を売るんだろう」

季節ごとに縁起のいいものを売ったり、厄を払ったりする稼業もある。

私たちの稼業は、一体なんだろう。

もうじき、新しい年が来る。私の厄年は終わるけれど、災難が二度とふりかからないわけでもあるまい。酷い目に遭うこともあるかもしれないが、生きてりゃいいことだってある。

来年はまた、年季が明けたり身請けされたりして店を去る女がいて、伊勢屋に来る女もいる。

「おひろさん、お客だよーっ」

善助が叫んだ。

そして、年の瀬でも客は来る。来年も来る。

「あいよ」

おひろは応えた。

「蓬莱山《ほうらいさん》に舞い遊ぶ、鶴は千年、亀は万年……」

どこかの家で厄払いを呼んだようだ。かん高い口上の声が響いていた。

一〇〇字書評

切り取り線

購買動機（新聞、雑誌名を記入するか、あるいは○をつけてください）	
□（　　　　　　　　）の広告を見て	
□（　　　　　　　　）の書評を見て	
□ 知人のすすめで	□ タイトルに惹かれて
□ カバーが良かったから	□ 内容が面白そうだから
□ 好きな作家だから	□ 好きな分野の本だから

・最近、最も感銘を受けた作品名をお書き下さい

・あなたのお好きな作家名をお書き下さい

・その他、ご要望がありましたらお書き下さい

住所	〒				
氏名		職業		年齢	
Eメール	※携帯には配信できません	新刊情報等のメール配信を 希望する・しない			

この本の感想を、編集部までお寄せいただけたらありがたく存じます。今後の企画の参考にさせていただきます。Eメールでも結構です。

いただいた「一〇〇字書評」は、新聞・雑誌等に紹介させていただくことがあります。その場合はお礼として特製図書カードを差し上げます。

前ページの原稿用紙に書評をお書きの上、切り取り、左記までお送り下さい。宛先の住所は不要です。

なお、ご記入いただいたお名前、ご住所等は、書評紹介の事前了解、謝礼のお届けのためだけに利用し、そのほかの目的のために利用することはありません。

〒一〇一－八七〇一
祥伝社文庫編集長　坂口芳和
電話　〇三（三二六五）二〇八〇

祥伝社ホームページの「ブックレビュー」からも、書き込めます。
www.shodensha.co.jp/bookreview

祥伝社文庫

女《おんな》の厄払《やくばら》い　千住《せんじゅ》のおひろ花便《はなだよ》り

令和 元 年 11 月 20 日　初版第 1 刷発行

著　者　稲田和浩《いなだかずひろ》

発行者　辻　浩明

発行所　祥伝社《しょうでんしゃ》

東京都千代田区神田神保町 3-3
〒 101-8701
電話　03（3265）2081（販売部）
電話　03（3265）2080（編集部）
電話　03（3265）3622（業務部）
www.shodensha.co.jp

印刷所　堀内印刷
製本所　ナショナル製本
カバーフォーマットデザイン　中原達治

Printed in Japan ©2019, Kazuhiro Inada　ISBN978-4-396-34587-7 C0193

祥伝社文庫の好評既刊

野口卓　**遊び奉行**　軍鶏侍外伝

遊び奉行に降格させられた藩主の側室の子・九頭目一亀《くずめいっき》。その陰には、乱れた藩政を糺《ただ》すための遠大な策略が！

野口卓　**猫の椀**

「短編作家・野口卓の腕前もまた、嬉しくなるほど極上なのだ」――縄田一男氏賞賛。江戸の人々を温かく描く短編集。

鳥羽亮・野口卓・藤井邦夫　**怒髪《どはつ》の雷《かみなり》**

非道な奴らは許せない！　ときに己を奮い立たせ、ときに誰かを救う力となる――怒りの鉄槌が悪を衝《つ》く！

野口卓　**師弟**　新・軍鶏《しゃも》侍

老いを自覚するなか、息子や弟子たちの成長を透徹した眼差しで見守る岩倉源太夫。人気シリーズは、新たな章へ。

野口卓　**家族**　新・軍鶏《しゃも》侍②

気高く、清々しく園瀬に生きる。淡々と、しかしはっきり移ろう日々に、家族の姿を浮かび上がらせる珠玉の一冊。

野口卓　**羽化《うか》**　新・軍鶏《しゃも》侍③

剣客として名を轟かせた偉大な父の背は、遠くに霞む。道場を継ぐことになった息子の苦悩は成長へと繋がるか？

祥伝社文庫の好評既刊

藤原緋沙子

恋椿

橋廻り同心・平七郎控①

橋上に芽生える愛、終わる命……橋廻り同心・平七郎と瓦版屋女主人・おこうの人情味溢れる江戸橋づくし物語。

藤原緋沙子

火の華《はな》

橋廻り同心・平七郎控②

橋上に情けあり——弾正《だんじょう》橋・和泉《いずみ》橋・千住大橋《せんじゅおおはし》・稲荷《いなり》橋——平七郎が、剣と人情をもって悪を裁く。

藤原緋沙子

雪舞い

橋廻り同心・平七郎控③

雲母《きらず》橋・千鳥《ちどり》橋・思案《しあん》橋・今戸《いまど》橋——橋廻り同心・平七郎の人情裁きが冴えわたる。

藤原緋沙子

夕立《ゆだ》ち

橋廻り同心・平七郎控④

新大橋、赤羽橋、今川橋、水車橋——悲喜こもごもの人生模様が交差する、江戸の橋を預かる平七郎の人情裁き。

藤原緋沙子

冬萌え

橋廻り同心・平七郎控⑤

泥棒捕縛に手柄の娘の秘密。高利貸しの優しい顔。渡りゆく男、佇む女——昨日と明日を結ぶ夢の橋。

藤原緋沙子

夢の浮き橋

橋廻り同心・平七郎控⑥

永代橋の崩落で両親を失い、深い傷を負ったお幸を癒《いや》した与七《よしち》に盗賊の疑いが——!! 平七郎が心を鬼にする!